書下ろし

冒瀆《ぼうとく》 内閣裏官房

安達 瑶

祥伝社文庫

目次

プロローグ　7
第一章　都心も下町も再開発　12
第二章　東京都知事 vs.内閣裏官房　72
第三章　中国との取引　125
第四章　再開発の裏に外国のカゲ？　184
第五章　警察が動かないのなら　243
エピローグ　291
参考資料　306

プロローグ

静かだった森が、騒がしい。

なにやら剣呑《けんのん》な男たちの声を切り裂くように、チェーンソーの唸《うな》りが、響いた。

メリメリと音を立てて、美しい銀杏《いちょう》並木が次々と倒れていく。

倒される木々から立ち上る生々しい樹液の匂いが、あたかも命を奪われる植物の悲鳴のように感じられる。

倒れた銀杏の木を、重機が無造作《むぞうさ》に持ち上げて、次々とダンプの荷台に載せていく。

その一方で、どこか別の場所に移植するためなのか、根を深く掘り返しクレーンで持ち上げられ、丁寧《ていねい》にトラックに載せられている樹木もある。しかし移植される樹木よりも、切り倒されて処分されてしまう銀杏の数の方が圧倒的に多い。

そしてチェーンソーや重機が立てる音をかき消すくらいの大きな怒声が、辺りには響き渡っていた。

だがここは山の中ではない。

都心の代々木《よよぎ》。いわゆる「代々木大神宮外苑《だいじんぐうがいえん》」だ。

大声は、伐採の作業員たちのものではなく、デモ隊による抗議のシュプレヒコールだ。

樹木伐採の現場周辺には厳重に規制線が張られ、進入禁止の金属製の車両止めが置かれて、さらに警備員が数メートルおきに立っている。

それに対峙《たいじ》するのは大勢のデモ隊だ。「樹木伐採反対派」が、抗議の叫びを上げている。

「神聖な森を壊すな！」

「自然破壊反対！」

「一度壊した環境は元に戻らない！」

「大神宮の森の商業利用、断固反対！」

怒声とシュプレヒコールの中、しかし作業はまったく中断される気配も無く、淡々と進む。関係者が説明に立つ様子も無く、集結した反対派は完全に無視された格好だ。

再開発業者には、まったく対話をする気がないのだ。その舐《な》めきった態度に腹を立てた一部の反対派が業《ごう》を煮やし、ついに規制線を突破した。進入禁止の金属スタンドを蹴散《けち》らして、作業している場所に乱入した。

「ダメです！　出てください！」

ピーッという警笛が響き、拡声器のノイズやハウリングが混じった警告の声が一層高まり、一帯が緊迫感を帯びた。

警笛を吹きながら警備員がすっ飛んできて、身を挺《てい》して反対派の突入を阻止しようとしたが、すぐに両者はぶつかって、激しい摑《つか》み合いになった。警備員は警官ではないので警棒も拳銃も持っていない。反対派がめいめい手にしているメガホンで、タコ殴《なぐ》りに殴られっぱなしだ。

規制線が崩壊したので、反対派は現場になだれ込んだ。作業員の前に仁王立《におうだ》ちになったり、チェーンソーを持つ作業員に接近したりする命知らずもいる。

「危険です！　近寄らないでください！　やめてくださいっ！　おいやめろっ！」

警備員が声を上げ、近くの交番や警察署から警察官が駆け付けて、反対派をゴボウ抜きにし始めた。警官隊がスクラムを組む。新たに規制線を作って、反対派をわらわらと押し戻し始めた。

「やめなさい。やめて下さい！　これ以上反対したり作業の妨害をしたりすると、やむを得ずみなさんを逮捕することになります！」

警官が声を上げたが、反対派は一歩も退《ひ》かない。警官隊をも巻き込んで激しい揉み合いになってしまった。

その様子を、少し離れた場所から眺めている男がいた。

背は高いが痩《や》せていてヒョロッとした、いかにも今どきの、優しそうな雰囲気の若者だ。こぎれいなポロシャツとチノパンツ。線の細い顔立ちに、マスクと銀縁メガネ、目深《まぶか》にかぶったアルペンハットで顔を隠したうえで、激しく揉めている伐採と抗議の現場を、木の陰からおそるおそる覗《のぞ》き見ている。が、眺めるだけで、目の前の激しい衝突を見て、明らかに腰が引けている。

伐採や移植の作業は完全に中断したが、ほどなく警官側に増援が来た。昔、過激派を排除《ようしゃ》した様子を思い起こさせる。機動隊員が加わって、ジュラルミンの盾を並べて、容赦なく反対派を押し返し始めたのだ。

「おい、どうしてこっちの話を聞かない！」

「力ずくで強行するな！」

「大神宮の森は都民のモノじゃないのか！」

「説明が足りない！　決定的に足りない」

「住民感情を無視するな！」

しかし警官や機動隊、そして警備員に作業員は無言のまま反対派を押し返そうとするばかりだ。各所で再び激しい揉み合いになった。

やがて小規模な「揉み合い」はどんどん規模が大きくなってきた。反対派の側もあとからあとから人数が増えてきて、メガホンを使って煽《あお》り立てる人も増えた。現場は一気にヒートアップした。

木の陰から見ていただけの若者はますます怯《おび》えた表情になり、そろそろと立ち去ろうとした。

が、その時、女性の叫び声が聞こえ、慌《あわ》ただしい足音が近づいてきた。

「ねえあなた、そこの人！　助けて！　お願い！」

切羽詰《せっぱつ》まった、まさに絹《きぬ》を裂くような、というしかない声を、若者は生まれて初めて耳にした。思わず立ち止まったところに若い女が駆け寄ってきた。女は、彼の胸に飛び込むように抱きついてきた。

その女は、彼と同じようなツバの大きな帽子で顔を隠している。服装は、何の変哲もないジーンズにグレーのパーカー。小柄で、あきらかにまだ若い女性だ。

「ごめん。説明はあとでする。警察と関わり合いたくないの。とにかく助けて」

誰だって警察とは関わり合いたくない。しかしこの女性には何か特段の事情がありそうだ。言葉にも独特の訛《なま》りがある。

「お願い！　とりあえず近くの駅まで一緒に……知り合いだってことにして」

彼女はそう言って強引に彼の腕を取り、どんどん歩き始めた。

彼も、その勢いに押されて、腕を掴まれたまま、駅に向かって歩き始めていた。

第一章　都心も下町も再開発

「いやあ、困った事になったな！」

等々力《とどろき》さんが興奮を隠しきれない様子で、今日発売の週刊誌を握《にぎ》り締めて入ってきた。

「見ましたか、室長！　これはゆゆしき事態ですぞ！」

と、口では言いつつも、等々力さんの口角は上がっている。ニヤニヤ笑いを隠しきれていない。ゆゆしき事態と言いながら、実はワクワクし、喜んでいるのがまる判《わか》りだ。

等々力さん以外の「内閣官房副長官室」の全員はすでに出勤して、めいめいの席でやはり同じ、その週刊誌を見ている。

「これだろう？」

ソファに座っていた室長が週刊誌を広げて掲げた。「週刊文秋《ぶんしゅう》」の巻頭スクープ記事
「首相の懐《ふところがたな》刀・塚原《つかはら》総理大臣補佐官の年下妻が殺人に関与？」というスキャンダル記事だ。

「あ、なんだ。知ってるんですか」

目をキラキラさせ、意気込んで入ってきた等々力さんは、拍子抜《ひょうしぬ》けした顔でソファに腰を落とした。

ここは、私、上白河《かみしらかわ》レイの勤務する「内閣官房副長官室」だ。国会議事堂や総理官邸の近くだが、立地としてはコンビニの二階にあるショボい事務所だ。

そんな「内閣官房副長官室」、別名「内閣裏官房」は、各省庁から出向している私たちスタッフが、主として「表沙汰《おもてざた》に出来ない」問題の調整や解決を請《う》け負《お》っている。私は陸上自衛隊をクビになりかけていたところを拾われた形だが、いつも笑みを絶やさない室長の御手洗嘉文《みたらいよしふみ》さんは警察官僚ＯＢ。その補佐役にして副室長格の、ベテランで渋いナイスミドルの津島健太郎《つしまけんたろう》さんは警視庁から。年齢的には中堅どころで頭髪が薄い、別名「歩く不平不満」にして博覧強記《はくらんきょうき》の等々力健作《けんさく》さんは外務省出身。そして私とほぼ同じ年齢の若手で、イケメン高学歴の石川輝久《いしかわてるひさ》さんは、国税庁からの出向組だ。

この「官房副長官室」は、名前のとおり「内閣官房副長官」の直属機関だが、官房副長官は実際には政務官と事務官の二人がいる。そのうちの「事務方」、全中央官僚のトップに君臨《くんりん》する横島《よこしま》官房副長官が、私たちの上司ということになる。

そして……現在、週刊誌で話題になっている塚原貞次《さだつぐ》総理大臣補佐官は、内閣総理大臣の最側近で与党の議員さん。私はきちんと挨拶《あいさつ》すらしたことがない。そこそこエラい議員さんだけあって、総理官邸ですれ違っても完全に無視される。塚原補佐官からすると、我々の存在なんか取るに足らないゴミみたいなモノなのだろう。

だから、というわけでもないが、その補佐官がマスコミに吊《つ》るし上げられている今、私たちの心はまるで痛まない。ただ、心配ではある。日本国政府としては一大事に当たるからだ。

やれやれ、という口調で津島さんが言った。

「そうか。ついにバレたか。なにしろ塚原補佐官の女癖の悪さは有名だからね。銀座《ぎんざ》のホステスを手当たり次第にクドいて……令和の無責任男って陰では言われてるし……以前からいろいろ問題を起こしては、そのたびにカネで解決してきたことは、政治部の記者なら全員が知っている。政権に忖度《そんたく》して誰も書かないのをいいことに、やりたい放題が改まることはなかったんだなあ」

「いやしかし、今回の文秋砲は、塚原補佐官の女癖ではなくて、歳の離れた若い奥さんの件ですよ」

室長は困り顔で応じたが、等々力さんのニヤニヤ笑いと好奇心は止まらない。

「まさか等々力くん、知ってたんですか？」

「いえ、知りません。ただまあ、ここまで派手に『殺人に関与』って……しかも文秋砲とは困ったものですね。政権にダメージとならなければよいのですが」

「これはやっぱり、あれでしょうか？　現政権と相容《あいい》れない、前の首相の派閥《はばつ》からのチクリでしょうか?」

石川さんが質問した。

「その可能性はありますな。現状では政権交代が不可能である以上、与党政権内の派閥が足を引っ張りあって疑似政権交代をするしかないのです。たとえば清和会《せいわかい》と宏池会《こうちかい》は、数年前に最大野党が分裂してできた二つの野党より政策の違いが大きいですからね」

室長のコメントに石川さんが重ねて質問した。

「つまり、現政権がリベラル、前の派閥はタカ派で女性とLGBTと外国人への差別が激しい、みたいな感じですか?」

「まあ、それでほぼ合ってます」と言った室長に、等々力さんが被《かぶ》せて言った。

「元来はそうだったけど、小選挙区制になって党本部に権力が集中している今は、以前より派閥に力がなくなってるでしょう?　時の最大勢力に迎合《げいごう》して、主流派になる事が優先されてますけどね」

「でも君、やっぱり派閥の伝統というかカラーは違いますよ。党は割らないにしても、ポリシーの違うトップが頂点に立てば、反対派はいわばなりをひそめて雌伏《しふく》するわけです。派閥が相争う伝統は、現政権与党のDNAみたいなものですよ」

私は日々、政治家と会ってますからね、と室長は言い切った。

「しかししかし、みなさん!　なんだか妙に落ち着いてますけど、これはほかならぬ官邸内のスキャンダルですよ！　奥さんのスキャンダルですよ！　ヤバいじゃないですか」

等々力さんが煽った。こういうスキャンダルやゴシップが大好きな等々力さんは、自分以外のみんなが冷静なのが不満らしい。

「そうは言っても、補佐官とは付き合いがないからなあ。親近感も身内感も薄いよねえ」

津島さんがクールに言った。

「とは言うものの、我々の直属上司である、事務方の横島副長官も、まさかこれを放ってはおけないでしょう。いずれなにかしらのお沙汰が降りてくるだろう」

津島さんがそう言った途端に、電話が鳴った。

こういう場合、一番下っ端の私が電話に出る。電話の主は、まさにたった今、話に出たばかりの横島副長官だった。「室長に代わって」と命じる口調は少し苛立《いらだ》っている。

「室長。横島副長官からお電話です」

「向こうで取ります」

室長は自分の部屋に入った。込み入った話の時、室長は必ず自分の部屋で電話を取る。

「どうせ、塚原さんのスキャンダルをなんとかしろって話だろ。ウチは便利屋じゃないんだけどな」

等々力さんは日々が平穏《へいおん》でも退屈だと不満だし、仕事が振られそうだとまた不満だ。ようするに、常に文句を言っていたいのだ。

「しかしだな、塚原補佐官のスキャンダルと言っても、補佐官本人ではなく、奥さんの疑惑だろ？　しかも十年前の話だし」

　と、津島さん。

「週刊文秋」のスクープ記事は、塚原補佐官の奥さんについてのものだ。今から十年前、彼女がまだ塚原補佐官と結婚する以前のことだが、当時奥さんは銀座のクラブの売れっ子ホステスだった。当時住んでいた月島《つきしま》の賃貸《ちんたい》マンションで同棲《どうせい》相手の男・漆原功《うるしばらいさお》が死亡した事件に、彼女が関与しているのではないか、他殺の可能性があるのに警察はあっけなく「自殺」として処理してしまった経緯が不透明ではないのか、のちに結婚した塚原氏が政治家として警察に影響力を行使したのではないか、という疑惑だ。

「奥さんでも親でも子供でも、身内の犯罪となれば火《ひ》の粉《こ》は補佐官本人に降りかかってきますよね。たとえ結婚前の話でもね」

　等々力さんは嬉々《きき》とした声を上げた。

「この記事によれば……奥さんの前の同棲相手の漆原功の死は自殺として処理されてるんだが、その現場の状況が、どう見ても誰かに殺されたとしか思えないものだった、と。しかし警察は自殺という見解を変えることなく、あくまでも事件としては終了していると言い張っている。死んだ漆原功の肉親が再捜査を訴えているが、警察は動かないままであると……捜査関係者が密かに『週刊文秋』にネタを提供したのかもしれないな。渦中《かちゅう》の女性の結婚相手が政治家で、このたび官房副長官として取り立てられたから週刊誌も取り上げるだろうと踏んだんだろう。それにしても……十年前の話だし……」

私たちがヒソヒソ話していると、ビジネスホンの通話ランプが消えて、室長が出てきた。

「みなさんご推察の通り、横島副長官から『なんとかしろ』とのご下命がありました」

「なんとかしろ、と言われてもですね」

等々力さんは文句を言いつつ、やっぱり表情がうれしさを隠しきれない。こういう「他人の不幸」に首を突っ込むのが大好きなのだ。

「具体的に何をどうすれば」

「そうですね。今このタイミングで、どうしてこの記事が出て来たのか、政治的なことも含めて事件の背景を調べる必要があるだろうね」

津島さんが極めて常識的なことを言った。

「あのう」

パソコンを凝視《ぎょうし》していた石川さんが発言許可を求めるように手を挙げた。

「あの……この記事には書いてないですが、殺された漆原功って、どうも怪しいコンサルに繋《つな》がってる人物みたいです。ネット情報ですけど」

それに等々力さんが飛びついた。

「怪しいコンサル？　コンサルってみんな怪しいよねえ。ネット情報ってのも怪しいけど」

「ええと、そのコンサルは反社と繋がっていて……その反社は、大手不動産会社の意を受けて日本各地の地上げを実際に仕切っており、今も現役、だそうです。しかし確証はありません。あくまで業界内の噂《うわさ》です」

「いよいよ怪しい。闇の世界の住人ってか？」

　危ねえ危ねえだな、と等々力さんは冗談めかしたが、その顔にはどこか怯えが浮かんでいる。今までの勢いも何処《どこ》へやら、なんだか腰も引けた感じだ。

「下手に触ると死人が出そうだ……」

「それでも、我々が調べる以上は、そこにも踏み込まざるを得ないでしょうね」

　室長は私たちを見た。

「まずは、被害者である、その『怪しいコンサルに繋がる人物・漆原功』は、なぜ殺されることになったのか？　そこから明らかにする必要があります。それが判れば、総理大臣補佐官の奥さんが被疑者に当たるかどうかもハッキリするでしょう」

「もし仮に、仮にですよ？　奥さんが本当に殺人に関与したということが判明した場合、我々としては、それを揉み消すことになるんでしょうか？」

　津島さんが訊いた。警視庁出身である以上、そういう「犯罪の揉み消し」には手を染めたくないはずだ。

「今までも、揉み消しに類することを求められたことは多々ありましたが、なんとか法を曲げることなくやってこられました。その方針は変えたくありません」

「それは私も同じですよ。私だって警察出身者ですからね」

御手洗室長は大きく頷《うなず》いた。

「そうは言っても、結婚前の奥さんが巻き込まれた犯罪について、塚原補佐官にはなんら責任はありません。もちろん補佐官が結婚前から奥さんと長い付き合いがあって、殺人を教唆《きょうさ》したとか、そういう事実が出てくれれば別ですが」

「とは言っても……たとえば補佐官なり、その夫人なりが、『ある外国』と特別な関係があるとしたら、政府要人、もしくはその家族として看過《かんか》できませんよね？」

石川さんはデスクトップのパソコン画面を見ながら、言った。

「記事によると、塚原夫人はＳＮＳのＤＩＭＥ《ダイム》を使ってます。これは多くの人が利用しているので、夫人のかつての同棲相手も使っていたと考えるべきでしょうし、塚原補佐官が使っているとしてもおかしくはないです」

「うんそうだよな。だっておれも使ってるし」

等々力さんが自分のスマホを見せた。

「ご存じだと思いますが、このＤＩＭＥ、サーバーと開発拠点を中国に置いているんですが、利用者間のメッセージを運営側が読むことができます。シグナルやテレグラムと違って、暗号鍵を運営側が持っていますからね。これは『保安上の措置《そち》』だと言ってますが……ここで問題になるのは、中国国内の企業は保有する情報を、中国政府に要求された場合、すべて提供することが義務づけられている、という現実です」

「つまり？」

　等々力さんが苛立った表情になった。

「つまり塚原補佐官の奥さんに関する情報は、中国から漏《も》れた、中国が意図的にリークした、という可能性が否定できないということです。だってほら、補佐官と奥さんとのあいだのＤＩＭＥのやりとりが記事に載っているじゃないですか」

「じゃあ、『週刊文秋』は中国と繋がっているって？」

　等々力さんにそう言われた石川さんは頷いた。

「現在スクープで無双しているこの雑誌ですが、ネタモトの多くが中国共産党、という可能性だってありますよ。この記事にしたって、補佐官と奥さんのＤＩＭＥメッセージを載せてるじゃないですか。『あなたこわいわ』『心配ない。私がついている。警察には手を回した』みたいな会話、いったい誰がリークするって言うんです？」

　石川さんの言葉には強い説得力があった。

*

「結局、動くのはおれたち下っ端なんだよなあ」

等々力さんはボヤきながら、十年前の不審死事件を扱った月島署への道を歩いた。

「しかしだな、国家安全部だかナントカ情報院だか知らないが、中国が相手となると、とんでもなく面倒なことになるぞ。まだ反社の方がマシなくらいだ。その面倒が全部、おれたちに押しつけられるんだぞ」

元外務省官僚の等々力さんのボヤキは止まらない。

「仕方ないですよ。室長は管理職だし、津島さんだって肝心《かんじん》なときには出てくるけど、基本はお偉方との調整役ですからね。結局、数字を分析できる僕と、いろいろウラ読みできる等々力さんと、突破力のある上白河さんの三人が動くしかないんですよ」

石川さんは悟《さと》りきった口調で言った。

「考えてみりゃウチはブラックだよな。津島さんが外に出るときは車を使えるのに、おれたちだけの時は電車だからなあ」

「仕方ないでしょ。予算がないんだから」

事件の概要は警視庁から取り寄せた捜査資料で一応把握《はあく》はしている。週刊誌の記事を見ただけで動くわけではないことは当然だ。

死体の状況だけを観れば、たしかに自殺か他殺か微妙なところだ。被害者である漆原功氏はマンションの非常階段から転落して全身打撲《だぼく》と脳挫傷《のうざしょう》で死亡。しかし問題は、転落死と推認され、落下現場にも痕跡《こんせき》が残っているにもかかわらず、死体はベッドの上にきれいに横たわっていたという状況だ。シーツや付近の床や壁にも血は飛び散っていない。明らかに不自然だ。転落死した現場からベッドに運ばれたと考えるしかない。

しかも、解剖《かいぼう》所見のどこにも自殺を示す記載は無い。だからといって突き落とされたとする証拠もない。

月島署には、十年前に捜査を担当した刑事が他所《よそ》に転属して警部に昇進し、刑事課長として戻っていた。

「鷲尾《わしお》です。よろしく」

私たちが署の受付前で待っていると、いかにも現場叩き上げという感じの短髪で色黒、がっしりした体格で目付きの鋭《するど》い中年男がやって来て、名刺を差し出して会議室に案内してくれた。

「お訊《たず》ねの件は十年前に、月島の賃貸マンション『センチュリーキャッスル月島』一〇二二号室で漆原功・三十八歳が死体で発見された事件に関して、でよろしいのですかな?」

鷲尾刑事課長は捜査資料を綴《と》じたファイルを見ながら事件の概要を再度説明してくれた

が、私たちの関心は、被害者の背後関係にある。

「この一〇二二号室は、黒木晴美《くろきはるみ》さん、当時二十七歳の彼女が借りていた部屋です。死亡した漆原功と黒木晴美は当時同棲関係にあったので、黒木晴美も特殊関係人として聴取を受けた、ということです」

鷲尾課長は人間関係を簡単に説明した。この黒木晴美さんが、今の総理大臣補佐官のご夫人なのだ。

「あの、この件の被害者……というか、亡くなられた漆原功さんが反社と繋がっていたというのは事実ですか?」

石川さんが単刀直入に訊いた。

「週刊誌の記事には書かれていませんが、ネットにはそういう情報が飛び交っているので、お訊きするのですが」

「事実です。漆原功は地上げの仕事をしていましたから。いや、漆原本人が反社だったわけではありません。目的の土地や建物から住人を退去させるため、実際にいろいろやるのは反社の連中ですが、漆原は彼らに仕事を発注する立場だったんです。大手不動産会社から仕事を請け負って、カネで解決できる相手は漆原の会社が担当し、カネじゃ動かない地権者には実力行使をかける。その実働部隊が暴力団、というか反社の連中です」

「それでは漆原功氏は、反社の連中に殺された……いや、自殺ですよね、表向きは」

石川さんは質問の仕方を変えた。

「反社と漆原氏のあいだにトラブルはありませんでしたか？　たとえば金銭の問題が拗《こじ》れた、などの理由で？」

「いや、そういう事実が出てくれば警察としても当然、殺人事件として立件しましたよ。しかし、彼らと漆原氏の関係は良好で、トラブルはありませんでした。金払いがよかったんでしょうな」

「でも、死体が発見された状況を見れば、明らかに自殺ではないですよね？」

そう言った石川さんに、鷲尾刑事課長は射るような鋭い視線を向けた。

「失礼ですが、石川さん、とおっしゃいましたかな。あなたは警察畑の人間ですか？」

「いえ、国税庁です」

「でしたら、ご自分の専門外のことに口を出す時には、もっと謙虚《けんきょ》な態度で願いたいものですな」

鷲尾刑事課長は険《けわ》しい表情で言った。その反応はちょっと過剰では？　とさえ思えた。

「素人《しろうと》」に口出しされたことがそれほど腹立たしいのか？　いや、おそらくそれだけではないだろう。

「たとえばですな、死体が目を潰《つぶ》されて喉を切り裂かれていたとしても、それだけで他殺であるとは断定できんのです」

「は？　どうしてですか？」

　思わず等々力さんと私が声を上げてしまった。

「そんな変死体があるかどうかは知りませんが、漆原氏に関しては他所《よそ》で転落死した死体がベッドに運ばれた、そのようにしか思えないんですが？」

　思わず私も訊いてしまった。鷲尾刑事は不機嫌《ふきげん》そうに私を見た。

「あなた、ずいぶんお若いようだが、ご出身は警察ですかな？」

「いえ、私は陸自……陸上自衛隊の」

　それを聞いた鷲尾刑事課長はふふん、と鼻先で笑いかけたが、続いて出るであろう言葉を等々力さんが鋭い声で遮《さえぎ》った。

「彼女、上白河は陸自が誇る特殊部隊出身なんですよ。判りますか、特殊部隊。闇夜に紛《まぎ》れて奇襲をかけて、敵を一瞬で殺す訓練を受けてるんですぞ」

　鷲尾課長の顔が固まった。たかが女、それも若い女が、まさか……という瞬間の表情のまま凍り付いている。

「もちろん……実際に殺したことはありませんが、それができる訓練は受けています」

「そういうことですよ。もしかして刑事さん、彼女を見て、新卒女子の社会見学か、ぐらいに思ったりしてませんか？」

　私の言ったことに等々力さんが被せてきた。止《よ》せばいいのに時々、余計なことを言う。

「……ハッキリ言って」

鷲尾課長は、やっと声を出した。

「まあ、仮に、仮にですよ？　自殺ではなかったとして、ヤクザ同士の抗争、あるいは内部の揉め事で起きたキッタハッタに関しては、警察はあまり踏み込まんのです。警察が捜査して真犯人を逮捕する前に、彼ら自身の掟《おきて》、ないしはルールが物を言います。犯人を名乗る者が警察に出頭してきたり、もしくは下手人を彼ら自身が処刑したりするので……だから、必ずしも初動が早いとは言えないし、捜査が後手に回ることも多いのです。まあ、それでも、大勢《たいせい》に影響はありませんけどね」

「でも、漆原氏自身は反社ではないし、反社とは上手《うま》くやれていたんでしょう？　だったら漆原氏は、身分上はカタギの、一般人じゃないですか」

等々力さんが鷲尾刑事の矛盾《むじゅん》に突っ込んだ。

「それなのに、どうして自殺で処理してしまったんです？」

そこで石川さんがさらりと口を出した。

「たとえば……漆原氏の会社と繫がる大手不動産会社、ないしは大手不動産会社から依頼された有力政治家の圧力、などの可能性はありませんか？」

石川さんは相手の反応を推し量《はか》《お》りつつ、さらに付け加えた。

「それか、外務省案件とか？　麻布《あざぶ》あたりからなんらかの圧力があったとか？」

「なんですか麻布って。麻布に誰かエラいセンセイでもいましたっけ？　昔の大磯詣《おおいそもう》で、みたいな？」

「判らないですかね？　麻布と言えば中国大使館ですけど」

あまりにもあっさりと不穏なことを言う石川さんを、鷲尾課長は一瞬スルーしかけて笑みを浮かべたが、すぐに怒りの表情になった。

「失敬な！　滅多《めった》なことを言わないでいただきたい。警察はいかなる第三者からであれ、そのような働きかけに左右されることはありません！　特に外国からの働きかけなど、滅《めっ》相《そう》もない！」

「外国からでも、政治家の先生からでもないとしたら……いわゆる『上の方』からの『指示』という場合もありますよね？」

私もつい、口を出してしまった。それにも鷲尾課長は怒りの表情で応《こた》えた。

「あなた方、いったいどういう先入観をお持ちなのか知らないが……内閣官房副長官室って、政府の副長官直属の部署でしょう？　そういう方たちがどうして、同じ公務員であるところの、我々警察を疑うんですか？」

鷲尾課長は仲間じゃないかと言いたげに、不快そうな声を出した。

「いや、鷲尾さん、同じ政府の一員だからって、政府、ないしはお役所のやる事を全部頭から信じなきゃいけないなんて、それはおかしいでしょう？　同じ警察の内部にだって監察の部署があるじゃないですか。警察のやる事は絶対、間違いが無いとおっしゃるんですか？」

真面目《まじめ》モードの等々力さんがビシッと言った。

「察するところ、可能性としては二つ。その一。警察は反社同士の抗争事件として扱って、まともな捜査をしないまま『自殺』として処理してしまった。その二、としては、ある筋から……それは政府の上層部か、外国公館かは判りませんが、この件については『自殺』として処理せよ、との強い指示があったかの、いずれかではないですか？」

等々力さんはそう言い切り、妥協《だきょう》する様子は一切《いっさい》見せない。

「どっちに転んでも、筋のよろしくないお話だと思いますが」

「結局、あの鷲尾さんは言葉を濁《にご》したままでしたね」

月島署からの帰途《きと》に寄ったもんじゃ屋で、もんじゃを口に運びながら、石川さんはボヤいた。

「明らかに転落死なのに、そのご遺体が自室のベッドに寝ていて、それで自殺なんて滅茶《めちゃ》苦茶《くちゃ》にもほどがあるじゃないですか！　文秋砲が今まで記事にしなかったのが不思議なくらいですよ」

「大人の事情があるんだろうよ。警察のやることだ。たとえば被疑者の体格ではとても着られない小さな衣類が味噌樽《みそだる》から出てきて……」

しかも一年以上も味噌に漬かっていたのに血痕《けっこん》がまるで犯行が昨日だったかのような赤色、とか、そういう無茶苦茶が罷《まか》り通ってしまうのがこの国だ、と等々力さんはつくづくうんざりしたように言った。警察出身の室長も津島さんもいないところなので、等々力さんは言いたい放題だ。

「死体の移動は犯人による何らかのメッセージだろうな。見せしめか、口封じかは判らないが。そして警察もそれを知ったうえで『自殺』とした。しかしまあ、漆原功の勤め先だった地上げ屋、そこと繋がりのあった反社組織、そして地上げ屋に仕事を発注していた大手不動産会社の存在がはっきり判ったんだから、収穫はあった。そうだろ?」

等々力さんはビールを飲んで満足そうだ。

「しかし……その、地上げの黒幕の大手不動産会社ってのが、再開発で今や飛ぶ鳥を落とす勢いの『五井地所《ごい》』か……まあ、どんな会社も、汚れ仕事は反社に任せるからな。連中が狡賢《ずるがしこ》いのは、必ずあいだに一つか二つ、仲介業者《ちゅうかい》を噛《か》ませることだ。そうすれば自分たちは反社とは一切繋がってません、暴対法にも違反していませんって言い抜けられるからな」

私でも知ってることをトクトクと喋《しゃべ》った等々力さんは、得意げに小さなコテでもんじゃをすくって口に入れ、「あちち！」と騒いでビールで消火した。

「あ」

　等々力さんが喋ってる間ずっとスマホを観ていた石川さんは何かを発見したらしい。

「五井地所をちょっと調べたら……あれですね、ここは、ほら、今話題の、例の代々木大神宮外苑再開発にまで触手《しょくしゅ》を伸ばしてるんですね！」

「手掛けてるんですね、と言いなさい。それに、それを言うなら触手ではなく食指《しょくし》です」

と、等々力さんが窘《たしな》めた。

「でも都民にとって貴重な都心の自然を壊して、ショッピングセンターやタワーマンションを建てようって言うんですよ？　そんな悪逆無道、まるで大昔の映画みたいじゃないですか！　ほら、悪いヤツが地元の反対を無視して」

「そうだよな。ヤクザを使って、無理やりアミューズメントセンターを建てようとするんだよな」

　嬉々として反応する等々力さんに石川さんはぽかんとしている。

「なんなんですか、アミューズメントセンターって？」

「だからそのアミューズメントセンターの建設を流れ者が中止させるんだ。小林旭《こばやしあきら》の『渡り鳥《わたどり》』シリーズ、知らないか。悪党は金子信雄《かねこのぶお》で、アキラは地元の有力者の娘・浅丘《あさおか》ルリ子と恋仲になって、だがその有力者は今は力が無いから金子信雄が出しゃばってくる……。アキラはアミューズメントセンター建設を阻止してヤクザを壊滅《かいめつ》させるが、引き留めるルリ子を振り切って去って行くんだ。おれは若い頃、オールナイトで観たな」

興に乗った等々力さんは「同じアキラの『渡り鳥』と『流れ者《ながもの》』、どう違うか知ってるか？　『渡り鳥』はアキラがやって来た土地で事件が起きるが、『流れ者』は事件が起きてる街にアキラがやって来るんだ！　ん？　逆だったかな？」などなど知りたくもないことを立て板に水の勢いで喋りまくった。

「とすれば、さしずめおれたちはアキラの役回りってわけだな。立派なヒーローですよ、君。こいつはちょっと嬉しいね。ギターをかき鳴らして歌でも歌うか？」

「まあそれはともかく」

私は等々力さんを無理やり黙らせた。

「五井地所は大神宮外苑の再開発だけをやってるわけじゃなくて、日本中、アッチこっちで再開発やってるじゃないですか。それに再開発をやっている企業は五井地所だけではないですし」

五井地所だけが悪いわけではないだろう、と私は言いたかったのだが。

「だけど君、大神宮外苑の森は、神聖なものなんだぞ。明治以来ずーっと守られてきた、そして東京都民が大切にしてきた貴重な自然じゃないか。そりゃ人工的につくられた森だけど、奇跡的に素晴らしく自然の森みたいに育ってきた、貴重なものだろ。それをわざわざ伐採して、どこにでもあるようなショッピングセンターなんか、つくる必要があるのか？」

おれはないと思うね！　と等々力さんは言い切った。

そこで石川さんが口を挟んだ。

「お話し中すみませんがもう一つ……亡くなった漆原氏の交友関係で気になることが」

スマートフォンで検索しつつ何かを見つけたのか画面をスクロールさせている。

「少し前に、東京都の都議会議員が一人、亡くなってるんです。ビルから転落死したのですが」

「うん？　それがどうかしたか？」

等々力さんはもんじゃを食べ続けた。

「亡くなったその都議の名刺が、漆原功の遺品の中にあったらしいんです」

「それは警察情報？　さっき鷲尾は言ってなかったが」

等々力さんは不審そうに言った。

「細かいことですから。でも捜査資料にはその記載がありました」

「ふうん」

「で、なぜその都議に注目するかというと、亡くなったその都議は、中国の民主化運動のメンバーと繋がっていて、日本に逃げてきた活動家を匿《かくま》っていた方でもあるからです」

「ん？」

等々力さんはもんじゃを食べるコテを置いて、石川さんを凝視した。

「なんだ、それは？　それがこの件に何の関係がある？」

「僕、思うんですけど、漆原氏とこの、中国民主化運動を支援していた都議。この二人にはなんらかの繋がりがあったというだけではなく、亡くなり方にも共通するものがあるんじゃないか、そんな気がするんです。十年前に殺された……どう考えても自殺とは思えない漆原功さんの殺され方が見せしめ、というか、なんだかチャイニーズ・マフィアの手口みたいに感じるんですよね」

「おいおい。民主化運動の活動家を支援する都議を殺すのならチャイニーズ・マフィアじゃなくて、中国秘密警察だろ？　しかも、ビルから突き落とすなんて手口、誰でも使うだろ。別に中国の特許ってわけじゃない」

　等々力さんは穏やかならぬことを言った。

「そうですね。秘密警察でもマフィアでも、いや日本人でも、誰かを消す場合、その手口は似たようなものになるのかもしれません。特に大陸的な荒っぽさというか、見せしめ的な、メッセージ性のある方法だとは感じないのですが……しかし」

　ビルから転落死した都議会議員にも自殺する理由は一切なく、直前まで明日以降の予定について秘書や支援者と話しており、手帳にもスケジュールがびっしり書き込まれていた、と石川さんは説明した。

「ふむ。まあそういうことなら、自殺に偽装した殺人の線が疑えないこともないが」

と等々力さんは譲歩《じょうほ》した。

「たしかに……その都議の先生と漆原功は、同じ手口で殺されている、と言えないこともない」

「あえて同じ手口にした可能性もあるのでは？　それがメッセージというか、見せしめだったと」

私の目には、もんじゃの上のかつお節が断末魔《だんまつま》のようにちりちりと丸まり、紅《べに》ショウガの赤が妙にどぎつく見えた。

＊

「では三池《みいけ》都知事、ここまでのところはよろしいでしょうか？　ただ今、ご説明しましたように国立競技場の建て替えを理由として、大神宮外苑地区の、建築物の高さ制限の解除がめでたく実現の運びとなりました。それに伴いまして、都心で最後に残された広大な再開発用地、大神宮外苑の地を高度利用するための道筋をようやくつけることができたのです。ついてはここからの、再開発までの流れですが」

大手デベロッパーのいかにも秀才然とした若い担当者は、東京都知事・三池小百合《さゆり》に対して、図面と完成予想図のパネルを駆使した再開発計画の説明を開始した。胸のネームプレートには「五井地所都心開発企画準備室大神宮外苑プロジェクト担当・馬場崎統《ばばさきすすむ》」とある。

概念図では、既存の樹木を相当数、別の場所に『移植』して空き地を作り、そこにショップやレストランなどが入る複合ビルを作る計画だ。しかし樹木が『移植』される場所は元の場所よりかなり狭い。多数の樹木が切り倒される事態が予想される。

その馬場崎のレクを黙って聞いていた三池都知事は、傍《かたわ》らに控える秘書に向かって「都民の反応はどうなの？　かなりの反発があるんじゃないの？」と訊いた。

「すでに樹木の伐採は始まってるのよね？」

「はい、建設のための作業スペースが必要になるので、まずその分の伐採と移植を……」

三池都知事の国会議員時代からの秘書である太刀川《たちかわ》は、長身で感情を表に出さないクールな中年男だが、三池に対しては丁重《ていちょう》で忠実な存在だ。

「話が違うじゃないの。地元住民への充分な説明をしないまま始めてしまった！　ってネットで盛大に叩かれてるわ。三池知事ヤメロ！　三期目があると思うなよ、なんて、そんなことまで書かれているのよ！」

いきなり都知事の怒りの矢面《やおもて》に立たされた若い担当者は、どう返していいか判らず、俯《うつむ》いてしまった。

「ねえ、これはどういうことなのよ？　あたくしは与党の先生方の言う通りにしただけなのに、一度は決まった女性建築家のプランを没《ぼっ》にしたのは、あのメギツネ都知事。女の敵は女、なんて言われているのよ。思いっきり悪者にされているじゃないの？　困るのよ、それは」

常に都民の目を意識する三池都知事の怒りは止まらない。

「都民の支持がないと困るのよ。世界的な音楽家のナントカさんも反対して死んじゃったし、世界的な作家のナントカさんも反対してるし……世界的文化人に都民は弱いのよ」

「はい。都知事のご懸念《けねん》は承知しています。まことにごもっともなご指摘だと思います」

若い担当者は仕方なくそう言って頭を下げた。

「ですが……私どもは世論を動かせるデータを持ち合わせておりませんので」

「困るじゃないの。だから話が違うと言っているのに！」

三池知事は不快そうな表情のままだ。

「レクはこれで終わりね。だったら下がって貰《もら》って結構よ」

都知事は手で追い払うような仕草をした。

それを見た馬場崎は慌てて書類をかき集め、退出して行った。秘書はノートを広げて
「次は……関東大震災における朝鮮人犠牲者《ぎせいしゃ》に対する追悼文《ついとうぶん》送付についての陳情《ちんじょう》です」

「今年も、もうそんな時期なのね。まったく、面倒くさいったらありゃしない。何度要請

されたって、追悼文は送付しないって決めているのに」

それでも話だけは聞いておかないとね、ポーズとして、と都知事が溜息《ためいき》をついたそのとき、都知事のデスクにある電話が鳴った。

「ハイ都知事室」

すかさず太刀川秘書が出て用件を聞いた。

「知事、都倉《とくら》さんから『今すぐ会いたい。紹介したい人がいる』とのことですが、どうなさいますか。用件はたぶん……さきほどの件かと」

都倉というのは都知事の親戚で都知事の個人事務所のスタッフだ。かなり歳が離れているので都知事は孫のように可愛《かわい》がっている。

「あの子なら仕方がないわね。割り込ませて頂戴《ちょうだい》」

「しかし都知事、本日は面会や陳情の予定がびっしりで」

「じゃあ仕方ないわね。この次の、追悼文送付の復活要請はキャンセルして」

「しかし都知事、今年は大震災から百周年の節目の年ではありますし……さすがにそれは」

「百周年だろうが五百周年だろうが同じことよ。送付なんか復活したら、あのうるさい岩盤保守層が何を言い出すか判ったものじゃないでしょ？　知ってる？　あの人たちを敵に回したら、今の日本の政治では何ひとつできないの。送付中止は喩《たと》えて言えば……そうね、『裏山のドラゴンに毎年与える乙女《おとめ》の生贄《いけにえ》』みたいな……あら、判りにくかったかしら。だったら、みかじめよ。みかじめ」

いわば地回りのヤクザへの上納金のようなもの、私だって虐殺《ぎゃくさつ》がなかったと本気で信じるほどの、そこまでのバカではない、と苛立たしそうに三池小百合都知事は言った。

「だから送付復活を求めるヒダリの人たちには適当に言っといて。都政上、突発事態が起きてやむなく予定変更せざるを得なくなったとか何とか、理由を考えなさいよ。仕方ないじゃないの」

三池都知事は「仕方ない」を連発した。

都知事執務室に至る廊下には、面会や陳情を求める人たちが列をなして順番を待っている。

その列を掻《か》き分けて、二人の男が問答無用に割り込んできた。

「なんだ君たちは！」

「我々は順番待ちしてるんだぞ」

「割り込むとは失礼な！」

都知事に面会するのは大変で、申し込んでも主旨や団体の性格によっては受け付けてくれない場合もあるし、しかるべき紹介者がない場合も受け付けてくれない。そしてようやく面会人登録がされても、スケジュールが合わなければ受け付けてくれない。つまり面談が決まるまでにも怖ろしく時間と手間がかかる。そして予定は時として狂うので、さらにえんえんと待たされる。

そんな中を、順番を飛ばして都知事室に入っていくのだから、怒号が飛んで当然だ。

しかし、割り込んで突進していく二人の顔には薄ら笑いが浮かんでいる。

「いやあ、都知事も大変だね！　いろんなことを好き勝手に言い募《つの》る有象無象《うぞうむぞう》を相手にして、あとからあとから押し寄せる案件を捌《さば》くのは面倒で仕方がないでしょう！」

そんな暴言を吐きながら二人はドアを開けて都知事室に入ってきた。

「ああ、タイちゃん。急な用件ってなに？」

三池都知事にタイちゃんと呼ばれたのは、だらしない長髪にネクタイは締めているが派手なジャケットを着た、学生がそのまま政界周辺でウロウロしているような、少々胡散臭《うさんくさ》い若い男。都知事の遠縁《とおえん》に当たる都倉泰造《たいぞう》だ。

「三池先生。今日はコイツを引き合わせたいと思って。イェールでMBAを取った秀才です。僕なんかよりずっと優秀な男ですよ！」

都倉泰造は自分の傍らに立つ見映えのいい男を紹介した。

「はい。わたくしは都市開発のコンサルタントをやっております、涌井竣《わくいしゅん》と申します。都倉さんとは以前より懇意《こんい》にして戴いていて、大神宮外苑再開発で三池都知事がいろいろご苦労されていると聞き及び、もしかして自分にならお手伝い出来ることがあるんじゃないかと思いまして」

涌井竣と名乗った男は、少し崩れた印象のある都倉とは違って、いかにも頭脳明晰《めいせき》そう、スマートで隙《すき》のないイケメンだ。入れ違いに出ていった五井地所の担当者も秀才タイプだったが、涌井は、人を油断させるような魅力的な笑みを浮かべていて、声もいい。英国風の濃紺《のうこん》のスーツをビシッと着こなして背も高く、見た目も抜群だ。

「都知事には釈迦《しゃか》に説法ですが、今の東京都心は、再開発して効率よく使う以外に、土地を手当てする方法がありません。可能ならば、私は皇居だって再開発したいくらいです。陛下《へいか》には京都にお戻り戴くこととして。ね。そうすれば千代田《ちよだ》区千代田一番地に、超富裕層向けの、緑豊かな超高級レジデンスが出来ますよ」

まあそれは冗談としても、と涌井はまんざら冗談でもなさそうな真顔で打ち消した。

「ところで問題の大神宮外苑の再開発ですが」

と涌井は持論を述べ始めた。

「ある意味、都知事のご懸念は当然です。まだ使える旧国立競技場を強引に取り壊した時点で、激怒した連中は多かったのですから。しかも、新国立競技場の建設案をコンペで決定、アンビルトの女王によるプランを採用した時点で不安を抱いた人たちも多かった。果たしてこれが本当に建設できるのかと。しかし隠されたコンペ本来の目的、『大神宮外苑地区の高さ制限を外す』目的のためには、規模の大きいあの案を採用するしか方法はありませんでした」

そうですよね？　と涌井は三池都知事に同意を求めた。

「百年以上、『風致《ふうち》地区』として自然景観を維持・保護してきた大神宮外苑地区の高さ制限十五メートルが、いきなり七十五メートルに大幅に緩和《かんわ》されたのです。その時点で……まあこれは大きな声では言えませんが、あの案は用済みになった。本気で建設した場合、建築費が膨大なものになってしまいますからね。そこで当初の案は却下、相対的に安く上がる現行案に差し替えたので、もしかしてアンビルトの女王による最初のプランは高さ制限解除のためのダシに使われただけではないのか、それは世界的な建築家に対してあまりに礼を失した仕打ちではないのか、と反発する都民や有識者も多かった。そういう世論に対する都知事のご懸念は当然です。ですが、都心にはもう場所がありません。これからの東京の発展を考えるに、限られた土地の高度利用を考えていかねばなりませんが、めぼしい場所はほとんど残っておりません。だから、大神宮外苑の再開発はマストなのです！」

涌井の弁舌はとめどなく迸《ほとばし》り、崇高《すうこう》な目的のためにはどんな手段であれ正当化される、と言い切った。

「思えば百十年前に代々木大神宮の森が造営されてから、大神宮周辺は不可侵《ふかしん》な地域とされてきました。スポーツ施設のみが建築を許されてきましたが、今やここに手をつけるしかないのです。日本を、東京を、アジアにおける経済の中心都市にするためには、香港《ホンコン》やソウル、台北《タイペイ》を引き離して優位に立つ、魅力的な都市にしなければなりません。渋谷《しぶや》、新宿《しんじゅく》などの再開発も始まりましたが、大神宮外苑なら、都心にもかかわらず緑が豊かな公園的シティセンターとして、他の場所とは一線を画す、世界に類を見ない最先端の都市を構築できます。外苑ならニューヨークやロンドン、パリ、フランクフルトやミラノをも凌駕《りょうが》する、つまり世界のトップに君臨する、至高のディストリクトに開発することが出来るでありましょう！」

涌井は自信に溢《あふ》れた口調でそう言い切った。

「しかしそのためには、文化的施設ではダメです。スポーツ施設なら既に球場とラグビー場があるので、これ以上は不要でしょう。それにスポーツ施設は二十四時間フル回転できないので収益が上がりません。緑豊かで、都心でありながら静謐《せいひつ》な、高級感あるイメージを最大限利用して、インバウンドの富裕層をターゲットにした場所にすべきです。『DAIJINGU』の名を全世界に発信するのです。もちろん、新国立競技場や大神宮球場を訪れる客もターゲットです。地下に広い駐車スペースを設けるのは必須です」

涌井は、アタッシェケースからタブレット端末を取り出して、建物の完成予想図を表示させた。それは、先ほどの五井地所の担当者が見せたモノよりも、さらに規模が大きな高層ビル群だ。

「せっかく高さ制限が撤廃されたのです。それを最大限利用して、何がなんでも高層建築を、それもできるだけ多数、建てるべきです。下層階は商業施設、中層階はオフィス、そして上階は高級ホテルにして、最上階にはレストランとラウンジ。屋上にプールを設けるのもいいでしょう」

涌井は画面を指で操作して、屋上プールの予想図を表示させた。

「どうです？　これならシンガポールのマリーナベイ・サンズにも負けませんよ！」

「涌井さんは、言いにくいことを、ずいぶんとハッキリおっしゃるのね」

三池都知事は大きく、ゆっくりと頷いた。明らかに涌井は都知事の心を捉《とら》えていた。

「はい。私が指摘することはまさに企業、および行政の核心的利益です。左派や住民運動からの受けが悪いことは判っています。しかし、やるからには確実に利益を上げなければなりません。景観や自然環境の保護のような綺麗事《きれいごと》は、ヒマな連中に言わせておけばいいんです。日本の人口が減り、経済も縮小が懸念される今、儲けられるあいだに、儲けられるところで儲けておくことこそが、責任ある人間の為《な》すべき事だと心得ます」

そして、と彼はタブレットに別の画像を表示させた。

「都心の再開発、大神宮外苑、および新宿・渋谷のターミナル再開発だけではダメなのは申すまでもありません。土地の高度利用、および富裕層の購買意欲を刺激する再開発は、首都圏『全域』でやらねばなりません。パリの大改造はフランスの国家威信を高めましたが、同時に国家財政が逼迫《ひっぱく》していない時に断行されました。日本も、今後の国力の先細りが懸念される今、まだまだ余力のある現在こそが最後のチャンスです。なので、首都圏の『全面的』大改造を敢行《かんこう》すべきです。とりあえず、東東京の下町と言われる、この地域ですが」

　彼はタブレットに表示させた東東京の地図の一箇所を指で示した。

「たとえばここ、東京下町の葛飾《かつしか》区。寅《とら》さんで有名になったこの地域は、昔は町工場が密集する地区でしたが、そういう軽工業が廃《すた》れた今は低層の木造民家が密集しており、防災対策上も不安を抱える地域です。ここを大胆に大改造して、防火帯を新設し、道路も拡幅します。同時に、やはり高層ビルを建て、この地域の価値を高めます。富裕層が住みたくなるレジデンスを作り、ショッピングセンターも併設します。都心もターミナルも下町も、都内のあらゆる街を底上げして、ＴＯＫＹＯの経済価値を爆上げするのです！」

　先ほどの五井地所の担当者の、事務的伝達の域を出ないレクとは打って変わった、明解なビジョン、魅力的なナラティブ、「新自由主義」的なプランの披露《ひろう》とその鮮やかな弁舌が、三池都知事をたいそう喜ばせた。

「あなた、若いのに素晴らしい方なのね。もしかして、いずれ政界に打って出るおつもり？」

「イエイエ、滅相もない。そんなことは考えたこともありません。私は、あくまでも実利的な人間ですので。政治家に求められる高邁《こうまい》な理想などは持ち合わせておりません」

「あらあら、なにそれ。私への当《あ》て擦《こす》りとか？」

三池都知事はむくれてみせたが、目は笑っている。この男が気に入ったのだろう。

「とんでもございません。私はこの再開発には『理念や意義、テーマ』が必要だと思っています。もちろんそれにには説得力がなくてはなりませんが、理念などはあくまでタテマエに過ぎません。説得力ある魅力的なタテマエで、ヒトビトを酔わせる必要があります」

涌井はコンサルタントとして、どんな手段でも使う覚悟のあることを暗に匂わせた。

「かつての首相・田中角栄《たなかかくえい》は日本列島改造論をぶち上げました。その内容は正しかったのに、全国の土地が上がってインフレになり、加えて性急な中国との国交回復、そして日本が石油を確保するために独自の動きをしたことがアメリカの逆鱗《げきりん》に触れ、田中元首相は失脚しました。しかし今こそ、その東京、いや日本大改造の夢を甦《よみがえ》らせる時なのです。都市を大改造して景気を刺激、真のデフレ脱却をしなければなりません。デフレからの完全な脱却は、あの長期政権を張った元首相でさえ為し得なかった偉業です。これに成功すれば、中央政界があなた、三池都知事を放っておくわけがないでしょう？」

涌井は弁舌巧みに力説し、三池都知事はうっとりと聞き入った。

「その通りよ、ええと、あなた、お名前は？」

「涌井です。涌井竣」

彼は再度、自分の名前を名乗った。

「そうそう失礼。涌井くん。あなた、是非《ぜひ》、都のプロジェクトに入って頂戴。それも主査とか、一介の審議会の委員みたいなものじゃなくて、権限あるポジションに」

都知事は太刀川秘書に顔を向けた。

「彼を部長級のポジションにつけてあげて。都の組織の人事なら、私の裁量で決められるわね？」

「御意《ぎょい》」

秘書が都知事に向かって一礼した。

「な～んて私が勝手に決めちゃったけど、いいかしら？　待遇その他は、あなたが納得いく条件にさせてもらうわ」

「お力になります、都知事。そして、処遇などについてもすべて知事にお任せ致します。不肖《ふしょう》わたくし涌井竣、お役所や大企業の、ありきたりの発想ではないものを発信していく自信が、大いにございます」

「判ったわ。あなた方、涌井さんと今後のことを話し合って頂戴」

都知事は再び秘書に命じた。

「じゃ、その話は向こうでやってくれる？　私はタイちゃんと、ちょっと」

「御意」

太刀川秘書と涌井は隣の秘書官の事務所に消えた。それを確認した都倉はチャラい学生みたいな態度で都知事に話しかけた。

「サユリ先生」

都倉は都知事をそう呼ぶ。

「サユリ先生ならきっと彼を評価してくれると思って、無理を言って引き合わせたんだよね。その甲斐《かい》があったよ」

「タイちゃん。あなた、たまには真っ当なことをするわね」

三池小百合都知事はご満悦《まんえつ》の表情だ。

「で、なに？　アノヒト、とっても優秀な感じだけど、タイちゃんが仕事を世話するほどヒマなの？　普通の人だったら、急に都の職員になれと言われたら困っちゃうところでしょう？　つまり今のは求職活動だったワケ？」

「いえいえ、彼は多忙ですよ。でもアメリカのコンサルタント会社を辞めて帰国したばかりだから、今はどこの所属でもないし、時間はあります」

「多忙なの、ヒマなの、どっちなの？」

せっかちな都知事はいい加減な傾向のある都倉を詰問《きつもん》した。

「そうですねえ……彼は利口《りこう》なんだけど、アメリカ仕込みの直言グセが直らなくて、日本の会社のお偉いさんと結構ぶつかってるみたいで」

「じゃあ私は、良いタイミングで彼を買ったわけね？　青田買《あおたが》い？」

「まあ、そう言えないこともないかな」

そう言った都倉は悪戯《いたずら》っぽい笑みを浮かべた。

「あいつ……あ、彼とは会員制のスポーツクラブで知り合ったんだけど、あいつは帰国して仕事がなかったので、ちょっとやベー会社の経営コンサルもやってたんだよね。これ、あとから露見してサユリ先生に怒られたくないから先に言っとくけど」

「あら？　そんなによろしくない会社のコンサルをやっていたの？」

都倉は、これ、絶対に内緒ですよ？　と前置きして、北海道で大事故を起こした観光船の運行会社と、悪どい手口で利潤《りじゅん》を上げていた中古車販売会社の名前を挙げた。

「あらあら凄《すご》い面子《メンツ》じゃないの。それ、文秋砲が面白《おもしろ》がりそうね。先回りして、潰しておいて頂戴」

「判ってますよ」

都倉は、それよりも、と声を潜《ひそ》めた。

「あいつはみのり銀行の常務の一人にルートがあるので、サユリ先生が持ってるあの土地を担保《たんぽ》に融資《ゆうし》をまとめられると言ってましたよ。サユリ先生、次も都知事、やるんでしょ？」

都倉はしっしっしと卑屈《ひくつ》な笑い方をした。

東京の下町、葛飾区の田地町《たちまち》地区は、昔から葛飾区の中心で、区の主要施設もこの界隈《かいわい》に集まっている。

＊

その「京成《けいせい》田地町駅」周辺の大規模な再開発がいよいよ動き出した。駅前の飲み屋街だけではなく、相当な広範囲に及ぶものだ。それだけに関係する住民の数も多い。四十年ほど前からこの界隈の再開発の話は浮上しては消えを繰り返してきたのだが、京成線の高架計画が持ち上がると、これを逃《のが》すともはや再開発は不可能だ！　という意見が区議会や、以前から計画に関わってきた大手不動産会社から一斉に噴き上がり、あっという間に再開発決行という流れになったのだ。

その、立《た》ち退《の》きを求める住民説明会が「田地町住区センター体育館」で開かれた。

住民が座る席には、大神宮外苑の伐採を遠くからおそるおそる眺めていた若者と、デモを弾圧した警官隊から逃げて、彼に助けを求めた若い女も座っていた。

二人の後ろには、矍鑠《かくしゃく》とした老人が座っていて、前に座る男女をじっと見ている。

「しかしなんだな、こうして見ると、お前たちは年格好といい、なかなかお似合いだな」

「ナニを言ってるんだよ、じいちゃん。アグネスさんに失礼じゃないか」

若い男が慌てて振り向いて、老人に文句を言った。

「彼女はいろいろあって、問題が解決するまでウチに居候《いそうろう》してるだけなんだ。そんなこと言ったら彼女に悪いだろ」

彼、青井孝太郎《あおいこうたろう》は口を尖《とが》らせた。

「まあ、いいんじゃないでしょうか？」

アグネスと呼ばれた彼女が微笑《ほほえ》んで言った。

「ワタシ、コーちゃんさんのこと、嫌いじゃないし」

特殊な呼び方で孝太郎を名指ししたアグネスも、後ろの老人に振り返った。

「ワタシ、置いてもらって感謝してます」

「いやいや、いいんだよ、そんなこたぁ」

孝太郎の祖父・重太郎《じゆうたろう》は慌てて手を振った。

「むしろあんたが朝夕の煮炊きや掃除洗濯をしてくれて助かってるんだ。男所帯にウジが湧くって言うだろ？　あんたの作る本場の中華料理は本当に美味《うま》いよ」

「じいちゃん。アグネスさんが困ってるよ」

彼はあくまで彼女、アグネス・ウォンを庇《かば》う。

そこへ、重太郎と同年配の男性が通りがかった。

「よっ。伊勢屋《いせや》。今日も意気軒昂《いきけんこう》だね！」

「おう来福軒《らいふくけん》。おたく、また店休んでいるのか？」

「ああ。腱鞘炎《けんしょうえん》が治らなくてさ。鍋振れねえから中華も終わりかなって」

「まあ、お前ンとこの中華はニセモノだからな」

伊勢屋の爺《じい》さんは口が悪い。

「なんだ人聞きの悪い。おれんとこの中華はニセモノじゃねえよ」

「だってお前、アグネスが作った本格中華を食べて、美味い美味いって言ったろ」

あくまでアグネスを推す伊勢屋の爺さんに来福軒の大将が言い返す。

「バカ野郎。ウチのは和式の中華。アグネスが作るのは中国料理。似て非なるモノなんだよ」

「そうだよ。来福軒さんのラーメンはとても美味《おい》しいよ。香港にはない味だよ」

アグネスが来福軒の顔を立てたので、まんざらでもない笑みを浮かべる大将に伊勢屋が訊く。

「それで来福軒、自慢のラーメンはどうなるんだ？　息子の慎太郎《しんたろう》が継ぐんじゃなかったのか？」

「アイツはダメだよ。修業先の中華屋の給料の方がいいからって、帰ってこねえ」

「そりゃホテルに入ってる中華レストランだからな。そこの料理長の方が儲かるだろ。昼どきに、ここいらの貧乏人相手にちまちまラーメンやらチャーハン作ってるより、北京《ペキン》ダック焼いてこぎれいに巻いて金持ちに出す方がごっそり儲かるってもんだ」

「お前ンとこだってぼた餅《もち》と今川焼《いまがわや》きと、海苔《のり》巻き作ってるだけじゃねえか。あんたの息子は家業を継がずにサラリーマンになったし、そこにいる孫は……」

と言って、来福軒は前に座っている若い男に話しかけた。

「コーちゃんはどうするんだ？　和菓子屋のあと、継ぐのかい？」

孝太郎が答える前に重太郎が遮った。

「いや、こいつはまだ学生だからな。せっかくいい大学入ったんだし、今は学業優先だ」

「いい大学に入ったんなら尚更《なおさら》、シケた小さい和菓子屋なんか継がねえだろ。それに職人は、あとを継いだって今日の今日から菓子を作れるもんじゃないって、アンタが一番判ってるだろうに」

コーちゃんと呼ばれた若い男が慌てて老人二人をフォローした。

「いえあの、時間があるときは僕も手伝ってます。最近は餡子《あんこ》の炊き方がだいぶマシになってきたって褒《ほ》められたんですよ、じいちゃんに」

「まあたしかにマシにはなった。前に比べりゃな。しかしなあ、店を今ある場所から根こそぎ引っこ抜かれて、ビルん中のレストラン街に入れられるんじゃあ調子狂うよなあ。孝太郎もやる気が出ないだろう。鶏の丸焼きを名物にして日本中から客が食いに来る『鳥《とり》福《ふく》』さんだって、どうしようか思案してるっていうじゃねえか」

「だからあんた、この説明会に来て、吠えるのか？」

からかう来福軒の爺さんに伊勢屋が言い返す。

「うるせえよ。だいたいお前ンとこは店閉めるのに、どうしてここに来てるんだ？　お前こそストレス発散か？」

「違うよ」

と、来福軒の大将は真顔になった。

「この街の個性がなくなるからだ。見てみろ。どこの駅前も小ぎれいになりやがったと思ったら、どこもかしこもみんなおーんなじじゃねえか。駅ビルが出来て、ロータリーがあってペデストリアンなんたらが上にあって。どの駅で降りたのか判らねえんだよ。せっかくこの街にはセンベロタウンがあって、それで有名になってるのに、それをどうしてぶっ壊すんだ、って話だよ。もったいねえじゃねえか」

「おお、お前にしちゃキチンと考えてるな。てぇしたもんだ」

老人二人の話を、孫の孝太郎、通称コーちゃんは大人しく聞いている。

「ねえコーちゃんさん」

伊勢屋の居候になっているアグネスは孝太郎の顔を覗き込んだ。改めて見ると、彼女、アグネスはとてもきれいだ。香港の大学に行っているらしいが、知性的な美しさがある。

「これから住民説明会なのでしょう？　ワタシも発言していいかな？」

「いいんじゃない？　きみも伊勢屋の一員としてここにいるんだし……いやいや、妙な意味じゃなくて」

「判ってる」

アグネスは微笑んだ。

「ここに来てまだ三日しか経《た》ってないけど、この街は素晴らしいよ。街のみんなが顔馴染《かおなじ》みだし、みんな仲いいし、まるで大きな家族みたいだと思う。私がいた香港みたい。だけど、香港も大きく変わったね。この街までが変わってしまうのはとても悲しいし、腹立たしい」

「いいことばかりでもないんだよ。みんなが顔見知りな分、プライバシー筒抜けで、東京の田舎《いなか》とか言われてるけどね」

「中国で今ブームになっている城中村《じようちゆうそん》みたいな感じだね。ねえ、コーちゃんさんは、大学でなに勉強してるか？」

「コーちゃんさんはやめてよ。コーちゃんでいいよ。僕は……ゼミで都市の再開発と新自由主義の関係について勉強してるんで、今日のこれも、大神宮外苑再開発も、格好のケース・スタディだと思ってるんだ」

孝太郎のゼミの呉竹慎一郎《くれたけしんいちろう》教授は名だたるリベラル派で、マスコミ的にも有名な存在だ。その教授から先日言われたばかりだ。今話題の田地町に住んでいるのなら、地元の再開発計画をこそ調べるべきだと指導されたのだ。

最初は孝太郎も、再開発は仕方がないという考えを持っていた。大神宮外苑についても、オリンピックが成功してきれいな新しいスタジアムもできたのだから、それに見合う街を作りたいと思うのは当然だろうな、と思った。地元の「田地町」についても、木造家屋密集地という危険性を考えれば再開発は当然だし、街は定期的に建て直さないとスラム化するという考えもあった。

しかし呉竹教授には「きみは本気でそう考えているのか？」と正面切って問い詰められた。

「まだ使える旧競技場を取り壊した税金のムダ遣い、出来もしない海外建築家による設計プランを当初採択してあげく没にした不透明さ、そのあと問題の女性建築家氏が亡くなってしまった後味の悪さ。これらをきみはどう考える？　それに、大神宮外苑だけじゃないぞ。ほぼ同時に、他の地区での大規模再開発も一斉に始まっている。古くからの下町を大規模に地上げして、複合ビルと高層マンションを建てる計画もある。建前として『防災都市を造るため、古い木造家屋が密集している地域をあえて選んだ』『下町文化をリノベーション』というもっともらしい理由が付いてはいるが、こういったことのすべてが、実は何らかの形で連動しているとは思わないかね？　そのへんを研究する価値があるんじゃないかね？　この先、日本の人口は減少し、経済も縮小していくのに、どうしてこんな大規模再開発が必要なんだ？」

教授は孝太郎の目を見て、真剣な表情で、重大な機密を打ち明けるような顔で、言った。

「そして現在、複数が同時進行しつつある再開発計画には三つの共通点がある。『ロクに計画を事前公表していない』『住民説明会も形式的』『住民説明会に参加出来るのは限定された住民だけ』の三点だ。ますます疑惑が募るとは思わないか？」

と、呉竹教授にさんざん焚きつけられて、孝太郎は心のスイッチを入れられてしまったのだ。

やがて、ドヤドヤと顔見知りの住民たちが会場に入ってきて満席になり、住民説明会が始まった。

ホワイトボードと長机のあいだに、再開発を担当する五井地所の担当者、東京都の担当者、葛飾区の担当者の都合三人が着席し、さらにもう一人、地域開発アドバイザーという肩書きの、見るからに整った容姿《ようし》の若い男が、四人目として説明側の席に着いた。

都と区の担当者の形式的な挨拶に続き、五井地所の担当者がビルの完成予想図と設計図、そして再開発地域の配置図などをプロジェクターで投影して説明したあと、質疑応答の時間になった。

「それでは質疑応答に移りたいと思います。どなたか」

五井地所の担当者が言いかけたその瞬間、アグネスが気合い充分に「ハイ!」と叫んで手を挙げた。

進行役の区の職員がマイクを持ってきた。

「ワタシ、この地域でずっと昔から和菓子屋さんを営んでいる伊勢屋さんの一員、アグネス・ウォンといいます」

アグネスは少々ぎこちない自己紹介をして、いきなり本題に斬り込んだ。

「この再開発の基本コンセプトは何ですか? この『田地町』ならではの、地域の伝統や独特の文化、街のカラーというモノが、高層ビルばかりにしてしまって継承されますか? 今の説明を聞くと、お金持ちが住んでお金持ちが買い物をするような、田地町の文化とは完全に無縁のライフスタイルを想定しているようですけど、だったらどうしてこの田地町でやりますか? ここではない、他所《よそ》の街の再開発でもいいじゃないですか?」

住民の席から「おお」というどよめきが起きた。住民が言いたいことを、アグネスはまとめて全部言ってしまったのだ。

五井地所の担当者は、どう答えていいのかというように都と区の役人の顔色を窺《うかが》い、やがて彼らは額《ひたい》を寄せ合ってひそひそ話をし始めた。そこで四人目の「地域開発アドバイザー」、イケメンの若い男がすっくと立ち上がると、彼ら三人を横目に、話し始めた。

「どうも。東京都知事より『地域開発アドバイザー』を拝命しております、わたくし、涌井竣と申します」

　そう名乗った男は、深々と頭を下げてから話し始めた。

「今般の田地町再開発ですが、これは、東京の街の再開発、未来を拓《ひら》くプロジェクトの、いわばテストケースだと考えています。東京の、いや日本の将来を見据《みす》えたとき、下町も山の手も関係なく、全体にブラッシュアップをすべきなのです」

「それは、どの街も同じような、画一化《かくいっか》した街並みにするという意味ですか？」

「そうでもあり、そうではなくもあります」

「禅問答《ぜんもんどう》は止めてください。ハッキリした回答が聞きたいのです」

　アグネスの舌鋒《ぜっぽう》は鋭い。孝太郎はそんな彼女をはらはらして見守るしかない。

「判りました。御存知のとおり、この地域は、昔は町工場が密集する、工業地帯でした。その後町工場は減りましたが、職人さんたちはこの街に住み着いて、独自の街文化を築かれてきたと思っています。それは大変に貴重で、尊いことです。しかし、職人さんの時代から建ち並んでいる民家は、火災に対して脆弱《ぜいじゃく》で地震にも非常に弱い。今、東京で大きな地震が起きると、この地域は火の海となり、消火も困難であるといわれています。そして巨大地震は必ず来ます。ということは、この地区は火の海になってしまうという事です。詳しくは区が発行しているハザードマップをご覧いただきたいと思います」

「ということは、災害に強い街を作る、というテーマがあるのですか？」

「それもひとつです」

「だったらそれだけで良いのではないですか？　民家の耐震化、地域の防火を進め、昔からの街並みは可能な限り残すという遣《や》り方《かた》で。けれども公表されている資料を読むと、ビルに入る予定のショップは、有名ブランドのお店や、有名レストランの支店ばかりではないですか！　地元の居酒屋さん、食堂、昔からの老舗《しにせ》の名前が全然ありませんが、その辺はどうなんですか？」

「どうなんですか、とおっしゃられても、それはまあ常識というものではないでしょうか。そもそも再開発された街に建つ近代的でスタイリッシュなビルに、地元の居酒屋はそぐわないのです。一流ショップが揃《そろ》っている中に、地元のセンベロの居酒屋が混じっている、そんな光景をどう思います？　コンセプトが不統一で美しくない、誰だってそう思うのではないでしょうか？」

「美しいかどうか、それはアナタの主観でしょう？　アナタを満足させるよりも大切なことは、街の文化の継承と発展ではないのですか？」

住民席から拍手が湧いた。拍手はどんどん熱を帯びて何分経っても止まらない。

「いいぞアグネス！　どんどんやれ！」

後ろに座る重太郎が大きな声でアグネスを応援した。近くに座る来福軒の大将さんも「待ってました！」とか「たっぷり！」などと、歌舞伎《かぶき》の大向こうのようなかけ声を盛んにかけている。

「ありがとうございます。なかなか鋭いご意見ですが、基本的コンセプトの違いが鮮明になってきたように思います。我々もこの再開発で、新しいビルに昔の田地町を再現しようという、そんな博物館のような真似《まね》をするつもりはありません。後ろを向いて過去を見ても仕方がありません。私たちはあくまでも前を向いて、未来を見たいのです。この田地町を、再構築したいのです。七十年前、この街が町工場で賑《にぎ》わっていた頃、この街は東京の最先端であったはずです。外国出身のあなたは御存知ないかもしれませんが、その頃の渋谷や新宿は小川が流れ、浄水場があったりする郊外だったんですよ。しかし、最先端の田地町には輝かしい未来があった。住民には大きな誇りがあった。それと同じ事を今やろうとしているのです。七十年後の今、昔の田地町を作った人たちなら、私と同じ事を言うと信じています。七十年前の、みなさんのご先祖は、最先端だったのです。最先端の意識を持っていたのです。それがどうしてしまったのでしょう？　今のあなた方は、過去しか見ないのですか？　ご先祖が作った街を、ただただ守っていくだけなんですか？」

　そこで住民席のさっきとは別の一画から盛大な拍手が湧いた。駅から少し離れたところにある、大手スーパーの店長や、町工場から発展して大きくなった中堅工場の社長、中古自動車販売店の社長たちだ。彼らは住民が金持ちになれば、それだけ儲けも大きくなると見込んでいるのだ。

「ご声援、ありがとうございます」

涌井はその席に向かって一礼した。

「この街にも、未来を見据える人たちがいらっしゃいました！」

「でも、そんな、古いものを壊すだけが街作りでは……」

アグネスはなおも意見を述べようとしたが、進行役の区の職員が彼女の手からマイクをもぎ取っていった。

言い足りないまま不完全燃焼の様子で座ったアグネスに向けてカメラを構える男がいた。

アグネスはそれに気づいてうつむき、配られた資料のプリントで顔を隠しながら孝太郎の耳に顔を寄せた。

「あの男、公安か何かね」

アグネスは孝太郎に囁《ささや》いた。

「中国の秘密警察かもしれないけれど」

次にマイクを握ったのは、見るからに頑固そうな老人だった。色黒で痩せていて目力が強い。削《そ》げた頰《ほお》に皮膚が貼り付いている感じだ。深い皺《しわ》が何本も刻まれた額には、針金のような蓬髪《ほうはつ》が覆《おお》い被《かぶ》さっている。人の意見は絶対に聞き入れそうもない、見るからに栗のイガイガを全身にまとった感じの狷介《けんかい》さを発散している。

「駅から少し離れたところで鉄屑屋《てつくずや》をやってる高坂《たかさか》」

古いジャケットを作業着の上に着た老人は、ぶっきらぼうに自己紹介した。

「前にいる若いヤツがすべったのころんだのといろいろ言ってるが、うちは札束で頬を張られても絶対に動かねえからな！　今の場所で終戦後からずっとやってるんだ。ここは水運もあるし幹線道路が目の前を通ってて交通の便もいいし、これ以上の場所はねえ」

「金属廃材リサイクルの高坂商事さんですね？　おたくには周辺から、騒音の苦情が多数寄せられていたようですが」

書類を見て名前を確認した涌井が、受けて立った。

「高坂さん、これは移転するいい機会ではありませんか？　建ち並ぶマンションの中で廃材リサイクル業を今後も続けるのは、やはりいろいろと支障《ししょう》が……」

「うるさい。ウチが先にこの地で創業したんだ。周りは畑ばっかりで、ウチの隣には電炉の会社や資材倉庫もあったが、ウチ以外みんな移転してマンションに変わっちまった。後から来たヤツが、先住のウチに文句を言う方がおかしいだろ。ウチが出て行く謂《い》われはない。文句があるなら騒音がうるさいところにわざわざ越してくるな、マンションなんか建てるなって話だ。違うか？」

高坂はそう言って腕を組んで、涌井を睨み付けた。

その様子をアグネスが興味深そうに、見つめていた。

「レイさん、これからどうしたらいいですかね」

石川さんにそう言われても、私にも何も思いつかない。

私を含む裏官房の面々……私と石川さん、そして等々力さんの三人は、上から命じられた調査がほぼ五里霧中《ごりむちゅう》に等しい状況で途方に暮れていた。

＊

「自殺として処理された十年前の不審死事件」について調べなくてはならないのだが、警察は何も教えてくれる気はなさそうだ。とりあえず、亡くなった漆原功がなぜか名刺を持っていたという、当時の都議会議員について調べてみることにした。漆原功の遺品から名刺が出て来たのだから、問題の東京都議と漆原には何らかの接点があったのだろう。その議員が、やはり不審な死をとげており、中国の民主化運動を支援していた、という話も非常に気になる。

大企業の代わりに地上げを取り仕切っており、反社との繋がりもある漆原のような人物が、なぜ野党の議員の名刺を持っていたのだろうか。普通に考えて接点があるとは思えない。

「いいか、あくまで本筋は、補佐官の奥さんが、漆原の不審死に関与していたかどうか、殺人疑惑が本当かどうかを調べることだからな。いろんな枝葉があるが、そこは整理して進もうではないか」

　正式な調査を開始して月島署を訪れた翌日、キャップ格の等々力さんが厳《おごそ》かに宣言した。

「等々力君の言う通りだ。亡くなった漆原氏の交友関係は複雑で広い。そこから何とかして本筋を見つけ出してほしい」

　津島さんはそう言って、私たちを送り出した。

　まず向かったのは、亡くなった都議の個人事務所だったがすでに閉じられて、電話もつながらない。

　仕方がないので都議が所属していた「憲政党《けんせいとう》」の都連に向かった。

　事務局長が応対してくれた。

「はい。亡くなった戸川房江《とがわふさえ》先生は新宿区選出で、ずっと我が党の貴重な議席を守ってくれていました。残念でなりません。まだ四十八歳の若さだったのに」

　そう言いつつ事務局長が目頭を押さえた。一応、死亡の状況は知っている私たちだったが、改めて訊いてみた。

「亡くなったのは……ご病気ではなく?」

「はい。事故死です。十一月十六日の午後四時過ぎに、ビルの非常階段から五階下の地面に転落したのです。新宿の戸山《とやま》公園近くの雑居ビルです」

事務局長は正確な住所を教えてくれた。

「発見されたときには意識不明で遺言《ゆいごん》などもなく、その後、救急搬送された病院で死亡が確認されました。死因は脳挫傷でした。転落したときに強く頭を打ったことが原因です。頭蓋骨《ずがいこつ》も骨折していました」

「転落したビルには、戸川議員の事務所があったのですか？」

「いえ、戸川先生の個人事務所もなく、立ち寄る理由がないところでした。非常階段から転落というのも、考えてみれば不思議な話です。鉄柵が大人の胸くらいの高さまでありますから、うっかり落ちたということはありえません。警察に、付近の防犯カメラを確認してくれとお願いしましたが……たまたま、その非常階段を捉えるカメラは設置されていなくて」

「たまたま、なんでしょうか？」

石川さんがぽつりと言った。

「防犯カメラの死角になる場所を捜して、そこで……その、実行した、とか」

それには事務局長が頷いた。

「はい。私たちが疑わしいと思ったことについては、すべて警察にも言っています」

「戸川さんの人間関係については如何《いかが》でしょうか？　現場のビルに何らかの関係があるお

知り合いはおられましたか？」

そう言った等々力さんは言い訳をするように付け加えた。

「いや、すみません。これ、警察の領域ですよね。当然、警察も調べたはずですが」

私たちが「憲政党」都連に来たのは、警察の捜査に疑念を感じているからだ。なんらかの圧力がかかって捜査が歪曲《わいきょく》されたのではないか、という疑惑だ。

警察はいろんな証拠を握っているはずだが、警察が組み立てたストーリーと矛盾するものは外には出さないだろう。だから、搦《から》め手《て》で「憲政党」側から攻めることにしたのだ。

しかし、政党側もガードが堅い。滅多なことを口にして、それがネットに漏れて炎上、叩かれて票が減ることを恐れているのだろうか？

「あの、戸川都議は、中国の民主化運動を支援されていたと聞いております。たとえば、どうでしょう、その、一つの可能性として……戸川先生の活動を封じたい、ある勢力によるものである可能性はお考えになりましたか？」

あくまで丁寧に、かつ遠回しに等々力さんが訊いた。

「考えなかった、とは言いません。しかし、それは刑事ドラマみたいなお話ですよね。外国の勢力が口封じに殺すなんて。我々としては、あまり、そういう陰謀論には荷担《かたん》せずに、判っていることだけで合理的に考えたいと思いますので……それに、先生は、その……誰かに狙われるほど、中国の民主化運動には関わっていませんでしたから」

「まあ、もちろん政治家の先生たちは、ひとつのことだけに関わっているわけではないですよね。いろいろなお仕事をされていたと思うのですが、民主化運動以外で、戸川先生がトラブルに巻き込まれていたような事ってないですか？」

私も質問をした。

「そうですね。それは新宿区ですから、いろんな陳情や相談はありました。在留外国人の問題から、大神宮外苑再開発反対の件まで、ありとあらゆる事ですね。そういった陳情なり相談の過程で、相手の恨《うら》みを買ってしまった可能性はあります」

事務局長は頷いた。

「それに……戸川先生のプライベートな事になると、我々党のスタッフはほとんど知りませんので」

私たちは改めて、戸川房江元都議のファイルを見た。生まれは千葉の流山《ながれやま》。元ラジオ局のディレクターから大学講師を経《へ》て、新宿選挙区から都議に当選。理知的な顔立ちだが豪快に笑っている写真もあり、庶民派で売っていたようだ。独身。結婚歴ナシ。新宿区と友好都市である中国・北京市東城《とうじょう》区との関係を良好にするために、何度も北京に行って、友好イベントに参加している。住まいは新宿区下落合《しもおちあい》のマンション。選挙資金とスタッフの雇用のために一千万近い借金があった……。

この借金のことや支援者についてなど、いろいろ訊《たず》ねてはみたが、安全運転な答えしか返ってこないので、私たちは辞去することにした。収穫なしだ。

あとは所轄の新宿署に行って、聞き出せることは聞き出すしかない。

「しかし……死亡現場が戸山公園の近くというのが気になるなあ」

歩きながら等々力さんは名探偵のように、顎《あご》に手を添えて考える素振りだ。

「どうしてですか？　何かあるんですか？」

と、私が何の考えもなしに訊くと、等々力さんは驚いたような顔をして私を見た。

「上白河君、きみ、知らないの？」

「何をですか？」

「戸山公園と言えば、スポットなんだよ。心霊スポット。昔、戸山公園には旧陸軍の医療施設があって、再開発で公園と団地を作るのに掘り返したら、なんと、人骨が百体以上も出てきたんだ。これ、一説によると、例の七三一部隊の犠牲者だとか……」

等々力さんは、さも怖ろしそうに言った。しかし、すぐに石川さんが笑って打ち消した。

「何を怖がってるんですか。午後四時に幽霊が出ます？」

「いや、そういう霊的なパワーは時間に関係なく発動するものなんだ。きみは何にも知らないんだな！」

「知りませんよ！　ぼくは基本的に、そういうオカルトを信じてないんですから！」

等々力さんと石川さんがやり合っていると、私たちを追って、憲政党東京都連が入っているビルから、ビジネススーツを着た若い女性が小走りに私たちを追って来た。

「あの、済みません。私、戸川先生の秘書をしていた者です。個人的に付け足しておきたいことがありまして」

彼女はさっき、私たちが事務局長と面談しているときに同席していた若手の職員だ。

「事務局長の前では言えなかったので」

私たちは立ち止まって、彼女の話を聞いた。

「あの、戸川先生は、香港で知り合った学生たちによる民主化活動を、かなり積極的に支援していました」

「積極的な支援、というと?」

「中国政府に香港の民主化活動が弾圧されて壊滅状態になって、活動家は根こそぎ当局に捕まって勾留《こうりゅう》されて、活動を止めろと圧迫されたのですが、戸川先生は、そんな活動家を中国から日本に出国させて活動や生活の面倒を見ていたようなんです。これは党公認の活動ではないので、事務局長は敢《あ》えて口にしなかったのだと思いますが……先生の借金も、そういう中国の活動家支援に使ったのだと思います」

「中国、か……」

等々力さんは考え込んだ。

「これは、枝葉に当たるのか、本当はこれが本筋なのか……」

私たちも路上で考え込んだ。

第二章　東京都知事vs.内閣裏官房

翌朝。

私たちが聞き込みと情報収集に出かけようとしていたとき、永田町《ながたちょう》のコンビニ二階のオフィスに横島副長官が乗り込んできた。まさに「乗り込む」とはこのことかという威圧的な瘴気《しょうき》を全身から発散させ、ドアを蹴飛ばすような勢いで姿を現したのだ。しかし単身で、お付きはいない。

「おい。御手洗はいるか？」

実際にはもっと常識的に「御手洗さんはいますか」と言ったのかもしれないが、そのようにしか聞こえなかった。殺気だった表情と勢いはヤクザの殴り込みか、としか思えない。

はいはい私に何の御用でしょうか、と室長が上着に袖を通しながら部屋から出てきた。横島副長官の剣呑《けんのん》な雰囲気にも動ずることなく、室長はにこやかに対応した。

「これはこれは副長官。込み入ったお話のようなら、どうぞこちらで」

室長は横島副長官を自室に招き入れようとしたが、副長官は「いいや」と手を振った。

「これは、ここにいる全員に周知しておく必要がある。重大なことだ。ユネスコが、大神宮外苑再開発にアヤをつけてきた」

事務方の副長官は官僚のトップだ。そんな人物がヤクザみたいに「アヤ」と言った。

「これは政府に入った連絡なので、マスコミにはまだ知られていない。お前たち、ユネスコは知ってるな？」

「国連教育科学文化機関」

外務省出身の等々力さんがぶっきらぼうに言った。副長官の態度にムカついているのがアリアリと判る。等々力さんは引き続き暗誦《あんしょう》した。

「諸国民の教育、科学、文化の協力と交流を通じて、国際平和と人類の福祉の促進《そくしん》を目的とした国際連合の専門機関」

「そうだ。そのユネスコの諮問《しもん》機関である国際NGOイコモスが、大神宮外苑の再開発を止めろと言ってきた。『ヘリテージ・アラート』ってやつだ。イコモスって知ってるか？」

今度は石川さんが答えた。

「はい。世界の歴史的な記念物や建造物、文化遺産および遺跡の保存に関わる専門家の国際的な非政府組織であり、ユネスコのヴェネツィア憲章に基《もと》づき設置された記念物および遺跡の保護に関するユネスコの諮問機関。一九六五年設立。専門的な対話フォーラムおよびコレクションの輸送、評価、また保存理念、保存技術、方針などに関する情報発信をすすめて、世界遺産条約に基づき世界遺産リストに収録される物件の指定を世界遺産委員会およびユネスコに対し答申する」

すかさず検索したのか、石川さんはパソコンの画面を見ている。

「今慌てて調べたんだろ。とにかくだ、国連主義を標榜《ひょうぼう》する日本政府としては、国連の正式機関の下部組織にあれこれ口を出してこられるのは困るわけだ。法的拘束力はないとはいえ、だ」

腹立たしそうな副長官は「だからお前らが何とかしろ」と言い放った。

「まったく国連はうるさくてかなわん。大神宮外苑を褒めてくれるのは構わんよ。市民の寄付や献木などで造られた人工の森林ではあるが、『世界の都市公園の歴史の中でも傑出した例で、優れた文化遺産』であるのは事実だからな。だが、再開発については余計なお世話だ。国民や関係者との協議がない、だと？　知らしむべからずよらしむべし、と昔から言うじゃないか。それが我が国の伝統だ。なのにそんな事情はお構いなしに『強く警告する』って、なんだそれは。内政干渉《ないせいかんしょう》なんじゃないのか？」

横島副長官は憤懣《ふんまん》やるかたない、という感情垂れ流しで喋りまくった。

「しかしだ、そうは言っても、ほれ、あの大手芸能事務所の性加害の件、あれにも国連人権理事会が調査に来ちまったことだし、ここはあまり事を荒立てたくない。荒立てたくはないが、まさかこのまま放置も出来ない」

「そうですねえ。なんとかしないといけませんねえ」

と等々力さんが言った。いかにもやる気がなさそうな口調だ。だがそれに副長官は頷いた。

「そうだ。たぶんロクでもない反対派の連中が、ユネスコにチクったのに違いない。その首謀者を見つけ出して圧力をかけろ。そいつが何者かはもう判っている。中国の息のかかった女だ」

横島副長官は手にした小さなカバンから書類を一枚出して応接テーブルにバンと置いた。

女性の顔写真と名前がプリントアウトされている。

「この女だ。大神宮の樹木伐採反対の抗議行動に、この女はメガホン片手に参加していた。おまけに東東京の……葛飾の方だな、そこのナンタラいう地区の再開発でも説明会に参加して、さんざんに荒らしてくれたらしい」

副長官はプリントアウトの顔写真を憎々しげにトントン叩いている。

「それとな、この件で、非公式に都知事とも調整したい。国際機関が動いた以上、無視するワケにもいかんだろ。しかしこれは本当に非公式の、水面下でやる秘密の調整だから、君らが動いてくれ」

横島副長官は、いいかこれは命令だ！　と言い捨てて、足音も荒々しく出ていった。

「何だよ……あのエラそうな態度は」

副長官を見送った等々力さんは舌打ちをした。

「おれが『なんとかしないといけませんねえ』と言ったのは、大神宮外苑の再開発についてなんだが、あのヨコシマな副長官は都合よく逆の意味に取りやがった」

等々力さんは、私と石川さんを同意を求めるように、見た。

「そもそも日本は外圧でしか動かないんだから、国連には人権でも再開発でもなんでも口を出して貰った方がいいじゃないか。な、君たちもそう思うだろ？」

だが石川さんは書類の写真に見入っている。

「この顔写真の人物は……見た感じ、ずいぶんとボーイッシュな女性ですね……名前は、アグネス・ウォン。香港人の父と日本人の母との間で香港で生まれ育った香港大学の学生。日本の京葉《けいよう》大学政経学部に留学中、ですか」

プリントアウトを手に取って読み上げた石川さんに、等々力さんが疑わしそうに言った。

「この女の子……いや女性が、中国の回し者なのか？」

「しかし香港出身でしょう？　どちらかと言えば、中国政府に敵対してる活動家である可能性のほうが高いのでは、と思うのですが」

「中国政府に捕まって洗脳されて、中国政府の手先になっている可能性だってあるぞ」

等々力さんは穿《うが》った見方を披露した。

「まあしかし、ヨコシマ副長官のあの剣幕だと、即座に結果を出して、おそれながら、と持っていかないとドヤされそうですね」

御手洗室長が私たちを気の毒そうに見た。

「どうかみなさん一つ、ヨロシクお願いしますよ」

御手洗室長に合わせて津島さんも一緒になって私たちに頭を下げた。

「そうだ。頼む。その香港から来た女性への対応と、都知事との水面下での調整、すみやかにやってくれ」

「仕方ないですねえ」

等々力さんが疲れた声で言った。

「ホント、ウチは何でも屋だな」

「そういう部署なんだ。もうひとつのスキャンダルの件もあって申し訳ないが」

津島さんが申し訳なさそうに言った。

「スキャンダルって……なんの、ですか？」

ぽかんとして訊いてしまった私に、津島さんは「決まってるだろ」と答えた。

「総理大臣補佐官の、奥さんの件だよ。内閣改造の話が持ち上がってるようだから、補佐官としてもこれでお払い箱になりたくないし、総理としても、現政権の屋台骨を支える補佐官の更迭《こうてつ》は何としても避けたいところだ」

「まあ、いずれにしても、早急な対応が必要ということです」

どれも火消し仕事ばかりで申し訳ないですが、と室長もあまり気乗りのしなそうな口調で言った。


「で、このアグネスってコ」

「言葉に気をつけてください。若い女性を『コ』と言ってはいけません」

例によって等々力さんの言葉遣いを石川さんが注意した。

私たち「外回り三人組」は、コンビニ二階のオフィスから下におりて、真下のコンビニのイートインスペースに居た。そこで玉子サンドやフライドチキン、サラダなど思い思いのものを食べながら、額を寄せ合って作戦会議をしている。お昼前の客の少ない時間帯で、スタッフもイートインスペースからは離れたカウンターにひとり居るだけだ。

「判ったよ。このアグネス……アグネス・ウォンという留学生だが、京葉大学の学生寮から出たっきり、現在は一応、所在不明ということになっている。行方知れずなんだよな。どうするよ?」

等々力さんはアグネスの経歴を書いたプリントアウトを眺めながら言った。

「ほら、あの、今話題の中国の秘密警察、その支部は東京にも絶対あるに決まっているが……それに監視されているのを察知して、学生寮から逃げた可能性があるな」

海外に自国の警察を置くこと自体がウィーン条約違反で、我が国の主権侵害だがな、と等々力さん。

「あるいは日本の公安が監視していて、それを嫌って逃げたかもしれない」

等々力さんの発言に、私が突っ込んだ。

「警視庁の公安が動いてるんですか？　それに、中国秘密警察の東京支部って本当にあるんですか？」

「あるんだよ。ないわけがない。やつらの辞書に『法の遵守《じゅんしゅ》』はない」

「でも、行方不明になってるんでしょう？　私たちだけじゃあ、居所は判りませんよね」

「手掛かりはあるじゃないか。くだんのアグネス・ウォンが葛飾区田地町再開発の説明会を荒らしたっていう情報。そこから探せばいい」

「確認を取らないといけないが、このアグネスってコ……じゃなくって女性は、亡くなった戸川都議が、香港から呼んで匿った活動家なんじゃないか？」

「戸川議員は新宿区選出でしたよね？　その関係者が葛飾区にいるのはおかしくないですか？」

「いやおかしくはない……ほら、このアグネスってコはなかなか可愛いじゃないか。おおかた再開発反対の誰かをたらし込んで、葛飾区の反再開発運動にも入り込んだに違いない」

等々力さんは、まったく言葉を正しく選ばない。

「こういう身の隠し方って、昔の過激派がよく使った手口だよな。知り合いのところに転がり込む遣り方。で、葛飾区の再開発問題にも首を突っ込んで、そのうちに我慢できなくなって、説明会で相手をド詰めしちまったとか、そのあたりじゃないか？　キジも鳴かずば撃たれまいに、っていう……あっ、こういう展開って、往年の小林旭じゃないか！」

等々力さんは「赤い〜夕陽よ〜♪」と歌い出して、石川さんに止められた。

「葛飾の再開発って、京成田地町駅周辺のものですね」

私はスマホで調べた。

「行ってみます？　というより、憲政党の都連だって、そこまでは把握していないかもしれないから、直接行ってみるのが一番手っ取り早いかも」

私の言葉に、他の二人は頷いた。

＊

東京都から「京成田地町駅前再開発計画地元説明会」の実施報告書・議事録を入手した

私たちは、舌鋒鋭く斬り込んだ問題の若い女性、アグネス・ウォンが、地元の老舗和菓子店「伊勢屋」の一員を名乗っていたことを知り、永田町から電車を乗り継いで、二十三区の東の端までやって来た。

「ここが問題の田地町か」

田地町駅は新しいとも綺麗とも言えない、橋上に改札のある駅だった。駅の連絡橋から、異様に遅い油圧式エレベーターで私たちは地上に降りた。狭い駅前には古びた飲み屋街が広がっている。再開発計画を前に廃業した店もあるらしく、ところどころ歯が抜けたように空き地になっている。飲み屋街の通路を覆《おお》うアーケードも古くなっていて、あちこちに穴が開いている。しかし、個性的な外観や看板の店がズラッと並んでいるのは壮観だ。令和の、一段とこぎれいになった東京都心とは、同じ都市とは思えない風景だ。

「おお素晴らしい。さすが、呑兵衛《のんべえ》の聖地・元祖センベロタウン、と言われるだけのことはあるな」

等々力さんは感に堪《た》えないような口調で言った。

「昭和がここに残ってるって感じだなあ」

その顔はうれしさを隠し切れない様子だ。

私たちに見られているのを意識したのか、等々力さんはおほんと咳《せき》をした。

「いやなに、おれくらいのトシになると、何故《なぜ》か昭和が恋しくなるものなのだ。古いビルとか、こういう闇市の名残《なごり》みたいな飲み屋街とか、何故だかミョーに懐かしい。令和の今の街並みが、どこも同じように見えて、味気ないからかもしれないが」

駅周辺の建物が低いから、遠くまで見渡せる。駅から少し離れて川が流れている。

「ええとあれは、中川《なかがわ》だな。この辺は中川とか新中川が合流したり分かれたり複雑なんだな」

その川の方に、鉄骨のタワーが建っているのが目を惹《ひ》いた。タワーにはクレーンが付いていて、鉄骨の塊《かたまり》を持ち上げている。次の瞬間、どんがらがっしゃーん！　という、とんでもない大音響とともに、鉄骨がバラバラになって落下するのが見えた。

「あれは……」

目を見張って驚く私に等々力さんが教えてくれた。

「巨大な磁石だ。磁石でスクラップを持ち上げて下に落としているんだ」

遠く離れているが、その騒音はこの駅前まで余裕で響いている。近隣ではさぞやうるさいことだろう。石川さんも言った。

「あれは、この界隈で有名な金属リサイクル会社らしいですね」

鉄骨をクレーンで吊り上げて落として壊す作業を初めて見た私は、その乱暴さというかダイナミックな迫力に、しばし見惚《みと》れてしまった。

「必ずしも合法とは言えない遣り方で、いろんな金属スクラップをかき集めていると、良く言わない人も多いようですが……。行きましょうか」

石川さんが声をかけて、私たちは歩き始めた。

再開発のターゲットとなっている古いアーケードは、「田地町銀座」という名前の商店街だ。派手な看板が多い飲み屋が目立ってはいるが、個人商店や普通の飲食店もある。

そんな中に埋没《まいぼつ》しそうな風情《ふぜい》で建っているのが、アグネスが潜伏していると思われる「和菓子・伊勢屋」さんだった。

如何《いか》にも老舗風の木彫りの大きな看板を出しているが、店自体は、ハッキリ言って、しょぼい。開いてるのか閉まってるのかもよく判らない。中を覗いてみても、照明は天井の蛍光灯だけ。古ぼけた木枠のショーケースにはおはぎや焼き饅頭《まんじゆう》、みたらし団子に海苔巻きなどが無造作に並んでいる。和風を強調したインテリアでもないし、老舗を意識した伝統も感じない。ただ古ぼけて商売っ気がない、覇気も感じられない空気が漂っているだけだ。

私たちは顔を見合わせた。訪ねても収穫がなさそうな雰囲気が濃厚だったのだ。

「せっかく来たんだから……海苔巻きでも買って帰ろう」

等々力さんがそう言って、ガラガラと引き戸を開けた。

「ごめんください」

は〜いと明るく元気な声がして、若い女性が奥から出てきたのに、私たちは面食らった。いきなり、だしぬけに、あっけなく、捜しているアグネス・ウォンが見つかってしまったからだ。


「あ、あ、あ、アグネスさん？」

　不用意に等々力さんが名前を口にしたので、彼女は顔を強《こわ》ばらせ、後ずさりした。

「あ、あの、私たち、決して怪しい者ではありません。何と言えばいいか……この界隈の再開発について調べている者です」

　私はアワアワしている等々力さんを押しのけて前に出た。

「取材の人ですか？」

　アグネスは首を傾《かし》げた。警戒は解いていない。

「あの、私たち、内閣官房副長官室というところの者で……あの、名前はエラそうなんですけど、その実態は雑用係みたいなもので、その」

　しどろもどろになって話していると、奥からなにやら物騒な長い棒を持った老人が、怖い顔をしてやって来た。

「なんだお前らは！　地上げ屋かなんかか！　ワシの目の黒いうちは、死んでもこの店は手放さんぞ！　四の五の言うなら叩っ斬ってやる！」

　老人は、その長い棒をブンと音を立てて振り回した。先端の刃物がぎらり、と光る。

「ひええっ……や、やめてくださいっ」

荒ぶる老人をアグネスと、これまた奥から飛んできた若者が慌てて取り押さえた。

「ちょ、ちょっとじいちゃん、店の中でそんなもの振り回すと危ないじゃないか！」

老人を羽交《はが》い締《じ》めにした若者は激しく狼狽《うろた》えている。

「心配するな！　刃は研《と》いでいないし……そもそもナマクラだ！」

「わははは！　そういうことだったのか！」

店の奥の座敷で丸い座卓を囲んで、老人こと青井重太郎さんは破顔一笑した。既にビールを飲んでいて顔は真っ赤だ。

「あんたら、地上げ屋じゃないのか。だったらもっと早く言ってくれないと」

「ですから、我々はそういう者ではありません、と説明しようとしたところに、長刀《なぎなた》で迎撃されてしまったので……」

等々力さんもビールの入ったグラスを持って、苦笑いした。アグネスも頭を下げた。

「ごめんなさい……私、香港から来たので、政府の人と聞くと、どうしても悪い人にしか思えなくて」

座卓には、すき焼きの鍋がぐつぐつと美味しそうに煮えている。

私たちは、仕事中とはいえ、強く勧められて断れず、ビールとすき焼きをご馳走《ちそう》になってしまった。

青井家のすき焼きは東京下町風なのか、割り下の醬油《しょうゆ》の味が濃い。でも、いい肉を使っているのか、とても美味しい。さっき老人を羽交い締めにしてくれた若者が言った。

「なるほど。政府の中でも、今回の一連の再開発には疑問の声があるわけですね」

伊勢屋の跡継ぎ（なのかどうか）、どう見ても矍鑠とした老人と比べるといささか頼りない印象の若者は、卵を溶きながら考え込んでいる。

「今朝のネットニュースにも出てました。東京の再開発は、もうとどまるところを知らないって。築地《つきじ》市場の跡地にも多目的スタジアムを建設するそうです。最初は市場の機能を残した、食べ物関連の施設を作る、という話だったのに。しかも、その再開発には大新聞社も参加してるから、マスコミも全然批判しないって……予算は八千億から九千億だそうです。これも、あの五井地所がやるんですよ」

釈然《しゃくぜん》としない様子の若者・青井孝太郎さんに等々力さんも同意した。

「たしかに、納得がいかないよねえ。日本はこれから人口が減っていくんだし、前みたいなイケイケじゃあやっていけないだろうし……今あるものを大事に使う、ヨーロッパみたいな考え方がどうして出来ないのか、不思議で仕方ないねえ」

等々力さんは自説を述べた。

「まあ、再開発側の言い分も、判らないことはないんだよね。このへんは住宅密集地で地盤だって弱いから、地震が来たら大火事になると言われれば、一理あるように思える。だけど、五井地所がやろうとしていることは、いわばこの辺を金持ちタウンにつくり変えるって話でしょう？　それは筋が違うんじゃないのかな」

「まあそれでも東京の場合はロンドンの再開発よりまだマシだって、僕のゼミの先生は言うんですけどね」

孝太郎さんが言った。孝太郎さんのゼミの呉竹教授によると、ロンドンでもやはりオリンピック後、役所と企業がグルになって貧しい住人を追い出し、遠い地方都市へ移住させるべく誘導していたらしい。

「そういう、お金持ちのための街を作る再開発を、ジェントリフィケーションと言うのだそうです」

重太郎さんもすき焼きを頬張《ほおば》りながら言った。

「ひでえ話じゃねえか。お上《かみ》の考えってのは要するにあれだろ？　貧乏人の分際で都会に住もうたぁ図々しい、大人しく都落ちしやがれってことだろう？　綺麗事ばかり言いやがってよ。五井だか都だかの回し者が説明会で言いやがった。昔の進取の精神を取り戻せ、とか偉そうに。しかしな、そもそもあんな若造におれたちがあれこれ言われる筋合いはねえんだ。震災や終戦の直後と今が、同じわけはないだろうが！」

「結局ね、強引に再開発して、誰が得するのかって事じゃないのかな。どこの再開発だって、地元の人たちはトクしないでしょう？　大神宮外苑や築地はよく判らないけど、この田地町のことなら私にも判りますよね。この店を売っても青井さんたち、全然トクしない。でしょ？」

アグネスさんはそう言って青井家の面々を見た。

「そうだな。『東京強靱《きようじん》化計画』とか言ってるが、アレはほんのタテマエだ。下町を火の海にしないっていうより、下町をリッチで見栄えのいいところにしてエだけなんだ。その上、ウチは土地を売る側だから、ある程度は強気に出られると思っていたら、そんなことは全然なかった。売り渋っていたらヤクザみたいな連中がやって来て、立ち退くしかないようにされるし、最後は公共のためとか言って強制収用ってことになって、無理やり家も土地も奪われてしまうんだ。どっちに転んでも、我々は弱い立場なんだよ」

重太郎さんは長刀の鞘《さや》を払い、刃に指を滑らせた。

「でも……住民説明会に出て来た、あの鉄屑屋、じゃなくって金属リサイクル業の高坂さん。あの社長は死んでも移転しそうにないけど」

孝太郎さんの言葉に、重太郎さんは「そらそうよ！」と応じた。

「あいつは頑固《がんこ》で強欲《ごうよく》でケチでアコギだからなあ。口じゃ死んでも移転しねえとか言ってるが、補償金をドカンと積まれたら判らねえよ。ホイホイ田舎に引っ越すか廃業するんじゃねえか」

話が判らずキョトンとしている私たちに、孝太郎さんが教えてくれた。

「駅から見えたと思いますが、クレーンで金属を吊り上げて、落として壊している……」

はいはいはいはい、と私たちは頷いた。

「あの金属スクラップ業者が高坂さんです。戦後すぐからやっていて、以前は隣に鉄屑を溶かして鉄に再生する電炉の会社があったし、周囲には何も無かったから問題なかったんですけどね。あの騒音では……今はもう、このあたりはマンションだらけになっているし、苦情もすごいです。でも、高坂さんは意固地《いこじ》になって、絶対出ていかねえ！　と言い張ってるんですよ」

「しかし、駅前再開発の場所から、あのスクラップ場は離れてるのでは？」

等々力さんが当然の疑問を口にした。

「音を聞いたでしょう？　あの音ですよ。ガッシャーン！　っていう。あれが響いてる限り、いくら高級マンションや高級ショッピングセンターを建てたって客は来ないでしょう。我々はもう、生まれたときからあの音を聞いて育ったんで、気にならない……こともないのですけど」

「我慢してねえやつもいるよ。ラーメン屋の来福軒。あの大将が音に敏感《びんかん》で、いっとき騒音公害だって騒ぎに騒いで追い出そうとしたんだが、高坂も負けてなくて、こっちが先住だ、うるさいと言うなら来福軒、お前が出て行けって、それはもう険悪な揉め事になっちまってな。まあ他にもいろいろあったんだけど……結局、見ての通り、居座った高坂の勝ち」

重太郎さんは笑いながら昔話をした。

「それからは町内会とか地元の集まりで高坂と一緒になっても、来福軒の大将は目も合わせねえ。犬猿の仲ってのはあの事だな」

重太郎さんはそう言って、やれやれと溜息をついた。

「だけど……そんな高坂さんが移転したら、この反対運動は尻すぼみ、五井地所の勝利ってことになってしまうんじゃ」

孝太郎さんがそう言うと、重太郎さんは忌々《いまいま》しそうに頷いて、改めて長刀の刃を撫でた。

「きっちり研いどくか……一戦に備えて」

「いやいやそれはいけません。銃刀法違反です。ご主人が捕まってしまいます。実力行使でいいことはまったくありませんから！」

石川さんが慌てて忠告した。

「冗談だよ。暴力は振るった方が負けだ。おれはこれでも若い頃は学生運動やってたから、警察の怖さは身に染みてよく判ってるんだ。だからつい、成田《なりた》闘争のことを思い出しちまってな。あれだって、無理やり土地を奪われたって話だからな」

重太郎さんの言葉に、アグネスさんはひどく真剣な顔で頷いた。

「パパさん、苦労したんだね」

「おい、そのパパさんって止めろ。おれがまるでパパ活してるみたいでふうが悪い」

「パパ活って何？」

アグネスさんが真顔で孝太郎さんに訊いた。

「知らないほうがいいような気もするけど……留学生ってなんでも知ってるようで知識が偏《かたよ》ってるんだね……つまりそれは」

孝太郎さんがアグネスさんに小声で説明を始めた。

その時「いるかい？　いるよな！」と言いながら一升瓶《いっしょうびん》を手にした老人が入ってきた。

「おお、来福軒！　噂をすればナントヤラだ。まあ座れ。まあ食え。まあ飲め」

重太郎さんがやってきた老人を座らせた。

「コイツはウチの向かいでマズいラーメン屋をやってる来福軒。再開発反対で共闘してるジジイ仲間だ。で、なんだ？」

「いやね、ここに妙な客が来たっていうからお前を守ってやろうと思ってさ」

「何言いやがる。守ってやるって柄かよ。テメエこそ守っていただく側だろうが？」

いや、こう見えておれだって意外と頼りになるんだぜ、と来福軒の大将は一升瓶を重太郎さんに差し出した。

「手土産《てみやげ》だ。飲もう」

まだ日も高いのにこのノリはさすがに土地柄というべきか？

アグネスさんが気を利かせて冷酒用のぐい飲みを人数分運んで来た。彼女の甲斐甲斐しい立ち振る舞いや、この家にすっかり溶け込んでいる様子は、もはや家族としか思えない。

「ところで、おれが来るなり『噂をすればナントヤラ』とか言ってたが、また、あることないこと面白おかしく喋ってたんだろ」

「そうじゃねえよ。オメエとあのスクラップ屋の高坂の因縁《いんねん》を……」

と重太郎さんが説明しかけた途端、来福軒の大将の顔色が変わった。

「畜生、高坂か。あのクソ野郎は絶対に許さねえ。夜も昼もなく鉄屑をガッシャンガッシャン地面に叩きつけやがってよう。それにあの鉄屑はたぶん訳ありだ。あちこちから妙な、他では取引できない鉄屑をかき集めてるって噂もある。たしかにあそこを見てると、日が落ちてからこそこそと鉄屑を積んだ車が出入りしてやがるんだよ。それがみんな、何故か福島ナンバーでよ」

なんだか来福軒の大将はストーカーじゃないか、と私は思ったし、私以外の人の顔にもそう書いてある。

「とにかくだ、あそこは曰《いわ》くありげなんだ。おれには判る。いつか必ず奴の尻尾《しっぽ》を摑んでやる」

訳あり？　曰くありげ？　尻尾を掴む？　それはいったいどういうことなのか。

「それはそうと伊勢屋。おれはそんな話をしに来たんじゃねえんだ」

じゃあなにしに来たんだよ、と重太郎さん。

「よくぞ訊いてくれた！　店を閉めるのはやめだ。おれはなあ、心機一転、ちょっと勉強し直して、ラーメンとチャーハンから脱却するぞ！」

酒は好きだがあまり強くはなさそうな来福軒の大将は、駆けつけ三杯、いや一口で、すでに顔が真っ赤だ。その赤い顔で重太郎さんに怒鳴るように宣言した。

「青椒肉絲《チンジャオロースー》とか回鍋肉《ホイコーロー》とか海老《えび》チリとかさ、もっと本格中華っぽいメニューを定食にして出すのさ。な、そうやって客を掴んで、田地町に来福軒アリってところを知らしめるのさ！」

伊勢屋お前もやれ！　と大将はゲキを飛ばした。

「判ってる。言われるまでもない」

重太郎さんは重々しく言った。

「な〜にが言われるまでもない、だよ。お前ンとこは、ぼた餅とみたらし団子と赤飯と海苔巻き以外は大手のメーカーから仕入れたものしか置いてねえだろ。伊勢屋の名が泣くぜ」

それは地雷だった。なんだと、と重太郎さんが腕まくりをしそうになり、孝太郎さんが慌てて二人の間に割って入った。

「まあまあ来福軒のおじさん。昼間の酒は酔いが早いから……」

「いいや！　おれは酔って言ってるんじゃねえ！　おれは情けねえんだよ。重太郎にカツを入れてやりてえんだ。昔みたいにいろんな和菓子をだな……」

「そう言うけどおじさん、朝早くから仕込んでも、和菓子は昔みたいに売れないんですよ。手作りだと日持ちしないし……だから、ついつい既製品を」

孝太郎さんが言い訳をし始めたが、重太郎さんがそれを遮った。

「いいや、孝太郎。言い訳はしなくていい。来福軒の言うとおりだ。決めた。おれも心を入れ替える。いや、実はもう入れ替えていた。おれだって来福軒と同じように思っていた。思っていたというだけでは信じちゃくれめえから、今、証拠を見せてやる」

重太郎さんは立ち上がると、ふらつきながら店に行き、冷蔵庫を開けて、保存容器を持ってきた。

「開けてみろ」

来福軒の大将が開けると、そこには青い色に染めた寒天《かんてん》を使った、みるからに涼しげな和菓子、そして洋菓子のモンブランのように見えるものが入っていた。

「食え。食ってくれ。何度も試作を繰り返したんだ」

重太郎さんは爪楊枝《つまようじ》を差し出した。

「なんだこれは。見た目はえらくきれいだがな……」

　大将はそう言いながら、まず寒天の方を口に入れた。

「……美味い。伊勢屋さん、こりゃほんとに美味いよ」

　続いて、モンブランのようなものもポイと口に放り込んだ。

「洋菓子のモンブランだって、栗を使ってるからな。だがバターなんぞは使ってないから、これも純然たる和菓子だ」

　重太郎さんが胸を張り……来福軒の大将が驚きに目を見開いた。

「おお……」

　大将は唸《うな》って絶句した。そして……口を動かしながら、シャツの袖で目を拭《ぬぐ》った。泣いている！

「おい、伊勢屋。お前、これ、美味《うめ》えじゃないか。どうしたんだよお前、急に。これはお前、おれたちがガキの頃、お前のオヤジに時々貰って食って『うめえ！』と言ってたあの味じゃねえかよ！」

　それを聞いた重太郎さんの顔が綻《ほころ》んだ。

「職人はサボると腕が鈍《なま》っちまってなあ。こうして、また他人様《ひとさま》に出せるようになるまで結構時間がかかった」

「じいちゃん、夜中にゴソゴソやってたの、これだったのか！」

孝太郎さんが驚きの声を上げた。

「お前たちも食うか？」

と、返事を聞かずに重太郎さんはまた立ち上がって、店から保存容器を幾つも持ってきた。その中には色とりどりの手の込んだ「これぞ和菓子！」と言えるものや、羊羹《ようかん》、団子など、さまざまな菓子が入っていた。

「こっちのカラフルなのは、いろいろ工夫した『練り切り』だ。あとは見ての通りの団子とか羊羹とか大福とか葛餅とか……」

「では遠慮なくいただきます」

桜色の練り切りに赤や黄色や緑色の、大きな砂糖の結晶のような飾りが載っている、ほとんど工芸品のような和菓子を、等々力さんが本当に遠慮なく口に入れた。

一口食べた瞬間、等々力さんの顔に驚きの色が広がった。

「いや、美味しいです。この、控えめで上品な甘さが、病みつきになりますね！」

そう言った等々力さんは、そのほかの練り切りや団子、葛餅などもパクパクと食べて、幸せそうな顔になった。

「いやあ、どれも美味いよホント」

じゃあ私も、とおずおずと手を伸ばして、羊羹に胡桃《くるみ》が入ったモノを食べてみたら……

本当に美味しいのなんの。

石川さんもカラフルな練り切りを食べて、「絶品です」と溜息をついた。

「正直、和菓子ってあまり食べたことがなくて。食べてもコンビニで売ってる饅頭とか串団子とかわらび餅程度なんですが……これは……ハッキリ言って世界が違います」

微笑みながら黙って頷いていた重太郎さんの顔がいきなり崩れると、腕で両目をこすった。そしておいおいと声をあげて泣き始めた。

「おれは……復活する。復活してやる！　なけなしの貯金をはたいて、店も見映えのいいものに改装して、伊勢屋の看板をかけ直すぞ！」

「おう！」と来福軒の大将が応じた。

「田地町銀座はセンベロタウンってだけじゃねえぞ！　美味い中華に和菓子もあるんだ！って、その心意気を見せてやろうじゃねえか！」

見ると、等々力さんも目頭を押さえている。貰い泣きか？

アグネスさんもこの成り行きに目を丸くしていたが……その大きな目から涙が零《こぼ》れ出た。

「なんだよこれ……ほら、あの日本映画チャンネルでよくやっている、ええと、やっぱりこういう和菓子屋が舞台でさ、人情喜劇みたいっていうか……主人公が時々戻ってきては迷惑をかける、ほれ、あの人の」

孝太郎さんが涙声を誤魔化《ごまか》そうとして笑いを取ろうしたが、重太郎さんに「ハッキリ言え寅さんと!」と突っ込まれてしまった。

「そうか。この流れだと……ボクが大学辞めて和菓子職人になる、という展開にならないと、ちょっと許されない感じだなあ」

「いや、それはいい。お前はせっかくいい大学に入ったんだから、中退せずに学業を全《まっと》うしろ。ついでに、いい連れ合いを見つけて曾孫《ひまご》の顔を見せてくれ、と言いたいところだが……」

重太郎さんはそう言ってアグネスさんを見やったが、「いやまあ、そこまで欲張っちゃいかんよな」と自分を戒《いまし》めるように苦笑した。

「それはまだ先のハナシだな」

「和菓子もいいけど、すき焼きもね! ほら、煮すぎて肉が固くなっちゃう!」

空気を変えようと、アグネスさんが明るい笑顔で言った。


「問題はあっけなく解決しただけではなく、いろいろ有益だったたな」

アグネスは見つかった、だがユネスコに再開発の問題点を通報したのは彼女とは思えない、と横島副長官には報告することになるだろう。

伊勢屋さんをお暇《いとま》した私たちがアーケード街を歩いて駅に向かっていると、私たちの行く手を遮るように一人の男が現れた。

鍛《きた》え抜かれたアスリートのような引き締まった体型に日焼けした浅黒い、整った顔立ち。サラサラの短髪に爽《さわ》やかな笑顔。濃紺のビジネスマンのようなスーツを着ているが……この男は……。

「レイさん、またお会いしましたね。あなたがた裏官房も、あの店に目をつけているのですか？」

その声は間違いない。これまで日本と中国の間で私たちとともに動いてきて、一時とはいえ私の心も盗んでいった、中国人民解放軍の工作員、国重良平《くにしげりょうへい》だ。

等々力さんも驚いている。

「いやいやそれより、あんた、中国に帰ったんじゃなかったのか？　それともまた日本で暗躍……」

「暗躍はないでしょう、等々力さん」

等々力さんの言葉を国重は笑顔で遮った。

「私たちは協力して日中の危機を救ってきたじゃないですか」

南西諸島で人民解放軍の一部跳ねっ返りが日本に侵攻しようとしたことを、国重は言っているのだ。

「それはそうだけど」

私も言い返さざるを得ない。

「国重さん、あなたがどうしてこんなところに？　人民解放軍がこんな下町のセンベロタウンに興味を持っているとは思えないんだけど？」

中国が関心を持っているのは、アグネスだろう。その証拠に、彼は「あの店」と言った。「あの店」とは伊勢屋以外、考えられない。

「隠しても仕方がないから実名を出すけど……国重さん、あなたが関心を持つ対象は、香港から来た民主化運動の活動家のアグネス……アグネス・ウォンさんでしょ？」

私がハッキリと言うと、国重の顔から表情が消えた。笑みも消え、何の感情も読み取れなくなった。

「国重さんあなた、アグネスをどうするつもりなの？　トボケてもダメだよ。この街にあなたが来る理由は、伊勢屋に居候してる彼女しかないでしょ！」

「と言いますか……」

脇から等々力さんも国重の顔色を見ながら、言った。

「あの都議会議員の先生……戸川房江さんを殺したのも……もしかして国重さん、あなたなのでは？」

「冗談ではありません！」

国重は手を振った。

「それは違う。絶対に違う。私たちは日本人には手を出さない」

「インディアンウソつかないみたいな言い方ですな」

　等々力さんが茶化すと、国重は目を剝《む》いた。相当怒らせてしまったようだ。

「失敬な。やらないことをやらないと言ったまでのことです。非常に心外だな」

「ねえ国重さん、もしかして、あなたの今の所属は中国秘密警察の日本支部なの？　だから、アグネスのことを探っているの？」

　もはや、街中での立ち話の範疇《はんちゅう》を超えている。密室で話すべき事を、私たちは口にしている。

「……まあ、立場上、身分をあれこれ推測されるのは仕方がないと思いますが……よく考えてください。私がこれまで、日本と中国のために害になることをしましたか？　実際はその逆でしょう？」

　私が中国の機関の人間だからと言って、濡《ぬ》れ衣《ぎぬ》はやめていただきたい、と国重は言い捨てると、駅の方に歩いて行ってしまった。

「等々力さん……彼をあんまり怒らせないでほしかったな」

　私は思わず文句を言ってしまった。どうもこの人は自分の感情に任せて暴言を吐く傾向がある。

　が、等々力さんは私に向かってニヤリとした。

「まあ、気持ちは判るよ、上白河君。君とあの男が、わりない仲だった、ってことは知ってるからね」

目の前のニヤけ顔をひっぱたいてやろうかと思ったが、私は何とか気持ちを抑えて、足早に駅に向かった。

その先を、国重が乗ったコンパクトカーが遠ざかっていった。

＊

「どうするのよ。ユネスコからクレームが来ちゃったじゃないの！」

三池都知事はデスクを挟んで立つ太刀川秘書に当たり散らしていた。その口調は怒りと苛立ちを隠せない。

「国際問題になっちゃったじゃないのよ！　無視するわけにもいかないし、これ、どうしたらいいのよ？」

「……困ったことになりました。ユネスコのあれは、いわば令和のリットン調査団とも言うべきもので……無視すると、国際連盟脱退をしてしまった松岡洋右《まつおかようすけ》の二の舞になりそうです。ここは慎重に……」

太刀川秘書は当《あ》たり障《さわ》りのないコメントをした。

「判ってるの？　国際派が売りのアタクシとしては、そういうの困るんだから！」

「しかし都知事。都心再開発は民間ベースの事業です。計画の主体は宗教法人代々木大神宮、そして五井地所と、あくまで民間ですから。都としては、ここはあまり積極的にコミットしない方がいいのでは？　批判されるべきは……こう言ってはなんですが、代々木大神宮と五井地所ではないでしょうか」

「だけど東京都には許認可権があるでしょう？　結局、許可を出したお前が悪いってアタクシが責められるのよ。大神宮の森の木を切りまくる大悪人、『伐採女帝』とまで言われて」

都知事は憤懣やるかたない口調だ。

「市民の手で営々と育てられてきた、世界的にも稀有《けう》な大規模公園を破壊するとは何ごとだと。でも、アタクシだって何もしなかったわけではないわ。都としてちゃんと、伐採する本数を減らしなさいと言ったわよね？」

都知事は責任転嫁《てんか》したい気持ちを隠すつもりもなく思い切り前面に出している。

「なのに、五井地所のやってることは何なの？　申し訳ばかりの本数を減らしただけで、本当にお茶を濁そうとしてるじゃない？　五井には築地の再開発だって任せてるのに、なによこのテイタラクは。そういうことなら築地の件は白紙に戻すと脅《おど》してやりなさい！」

話しているうちに感情が激してきたらしい都知事を、太刀川秘書は必死に宥《なだ》めた。

「都知事。この件について、もちろん都知事は環境に充分配慮されていると思います。しかし、マスコミが騒ぎすぎているのです。都知事は、これに動じることなく、もっと堂々と構えて戴ければ」

「そうも言ってられないでしょ。政治家なんて、アタクシなんて、選挙に落ちたらタダのババアよ。その点、あなたはいいわよね。ほかのセンセイの事務所にもぐり込めば、いくらでも潰しが利くでしょ」

次回の選挙のことを考えると、都知事は安閑《あんかん》としてはいられない。

そこに秘書が気を回して呼び出した、五井地所の担当者・馬場崎が飛んできた。

「このたびは都知事、多大なるご心労をお掛けしてしまい、まことに……まことに申し訳ございませんっ！」

馬場崎は都知事室に駆け込んでくるなり土下座しようと膝《ひざ》をついたので、秘書が無理やり引き起こした。

「ちょっと。やめてよね、そういうパフォーマンス。そんなのにダマされると思ってるの、このワタクシが？」

三池都知事は一喝《いっかつ》した。

「重ね重ね、申し訳ございません」

エリートの馬場崎は顔を蒼白《そうはく》にして狼狽《ろうばい》するばかりだ。

「どうせ上役から土下座でもしてこいとか言われてきたんでしょ？　古い政治家ならそう

いう泣き落としは効くかもしれないけど、ワタクシには逆効果ですからね！　仕事の話をしましょう！　大神宮外苑の、伐採した分の植樹はどうなっているの？　木はずいぶん減るのよね？」

　ええ、それはまあ、と馬場崎は言葉を選んで答えようとしたが、三池都知事は間髪《かんはつ》を容《い》れずに突っ込んだ。

「だから樹木が減ると自然破壊をしたことになるんです。そしてその首謀者は何故かワタクシってことになるの。お判り？　現状では都民の理解は得られません！　いいこと？　判ってる？」

「はい。しかしその」

　馬場崎はそれでも「二つ返事で都知事の命令を受け入れる」ことはなかった。

「一応、都知事からのご承認を戴いた形で、既に計画が進んでおりまして……今から計画を変更するとなると、いろいろ……」

「やりなさい！　変更しなさい！　さもなければ工事認可を取り消すわよ！」

　都知事はヒステリックに要求したが、それが民意に添った政策の変更と言うよりは選挙対策でしかないことは明白だ。

　そのせいか馬場崎の反応は鈍《にぶ》い。なかなかハイとは言わず、消極的抵抗をしているようだ。三池都知事は苛立った。

「……アナタあれでしょ。上司から、土下座でも何でもして、今の計画のまま進めるよう、なんとか都知事を説得してこいと言われたんでしょ。この件が上手く行ったら昇格させるとかなんとか、そういう美味しいエサを目の前にぶらさげられて？」

意地悪そうな笑みを浮かべる三池都知事に馬場崎は慌てて答えた。

「いいえ、滅相もない。そんなことはございません」

「じゃあ今ここで、計画を変更するとハッキリ言いなさい」

だがそう言われると、馬場崎は黙ってしまう。

「それは、私の一存では……持ち帰って協議してお返事するとしか申し上げられません」

「持ち帰って検討した結果、やっぱり最初の計画通りで行きます、都民には都知事から説明してくださいとか言うんでしょう。あなた方の遣り口は判っています」

そう言った都知事は、太刀川秘書を睨みつけた。

「アナタも気が利かないわね。こういう時は、あのアタマのいいイケメンを呼びなさいよ」

「しかし……涌井主務は現在、都庁におりません。本日は大神宮外苑から京成田地町、そして築地市場跡地を視察の予定で……この時刻なら現在、葛飾区田地町にいるはずです。急遽《きゅうきょ》呼び寄せますか？」

「ヘリでも差し回さないとすぐには戻れないでしょ？　彼はいいわ」

その時、デスク上の電話が鳴って、秘書が出た。

「都知事。内閣官房副長官室から人が来ているとのことですが……再開発の件で」

「なにそれ。今日のアポにあったっけ？　官邸だからって、なんでも通るって勘違いしているんじゃないの」

都知事は明らかにムッとした様子だが、すぐに気持ちを切り替えた。

「仕方ないわね。まさか追い返すわけにはいかないでしょう。お通しして」

「あの……私はどうしましょう……」

馬場崎はこれ幸《さいわ》いと逃げだそう、とばかりに腰を浮かせている。

「イケメン主務がいないから、一番詳しいアナタがいないと話になりません。ここにいなさい！」

パワハラ教師に吊るし上げられた気弱な生徒のような顔になった馬場崎は、おずおずと座り直した。

「今日も結構な数の人たちだなあ……これ、全員、都知事に面会しようとしているのか」

感心したように等々力さんが言った。

陳情や面会の人たちが待つ長い廊下を、職員に先導されて進んだ私たち裏官房の三人は、待ち人たちの羨望《せんぼう》と怨嗟《えんさ》の視線を尻目に、都知事室に入った。

「官邸の人が、何の御用？」

初対面の私たちがご挨拶をする前に、都知事は先制パンチを繰り出した。

「総理から、何かご指示でも？」

「あ、いえいえ、滅相もないです。我々は総理ではなく、その、事務方の内閣官房副長官の下にいる者で」

私たちは太刀川という秘書さんに名刺を渡し、秘書さんはそれを都知事のデスクに並べ、同時に何かの資料らしい、数枚の書類をデスクに滑らせた。

「お忙しいところ、割り込んでしまって申し訳ありません。私たちは順番を待つと申し上げたのですが、都知事には格別の御配慮を戴きまして」

等々力さんが口上を述べ始めたのを都知事が遮った。

「そういうのはいいから、単刀直入に行きましょう。ご用件は、あの件？」

「はい。大神宮外苑再開発の件です」

やっぱり、と都知事は秘書と顔を見合わせてうんざりした表情になった。

「で、政府としてはワタクシにどうしろと？　これは東京都と、民間とのあいだの問題だと思いますが」

「もちろん、その通りです」

私たちは勧められるままにソファに座り、三池都知事もデスクからソファに席を移した。先客であるらしい若い男が慌てて立ち上がって席を譲った。

「ああ、このヒトは大神宮外苑再開発の、五井地所の担当者です。この中で一番詳しいので、判らないことは何でも彼に聞いてちょうだい」

そう言ってすかさず予防線を張る都知事。

「そもそも大神宮外苑の再開発は民間ベースの事業ですから、都はあれこれ口出しできないのです。法的な問題もありませんから、行政指導というのにも限界がありますしね」

「それはよく存じておる次第ですが……副長官から、非公式に調整出来ないかと指示されましたので、私どもとしても、やむを得ず」

等々力さんは私たちを代表して、横島副長官の弁を伝えようとした。

「国連主義を標榜《ひょうぼう》する日本政府としても、国連の下部機関と揉めたくはないと」

「それはワタクシも同じです」

「で、国連からのクレームは再開発の一件だけではなく、他にもありますので……その、未成年の人権に関する問題ですとか……なので政府としては事を荒立てたくないと。このまま放置は出来ないと」

「わざわざそんなことを伝えにいらっしゃらなくても、都としてもその程度のことは理解しております」

これを「塩対応」というのだろうか、都知事の声はひどくそっけない。私たちを一刻も早く追い出したい、という嫌悪《けんお》感に溢れている感じだ。

「都としては、環境保護を重視する観点から、伐採した分の木をきちんと植えろと業者に言ってあります。ねえ、そうよね？」

「はい都知事。都知事のおっしゃる通りです」

都知事は立っている若い男に話を振った。

「だから……あたくしたちは、これ以上どうすればいいのかしら？　教えてくださる？」

美人の三池都知事にじっと見つめられて、等々力さんは顔を赤らめて言葉に詰まった。

「判りました。そのように……副長官に、伝えます」

「いえいえそれではあなた方、仕事したことにならないのじゃありませんこと？　コドモのお使いじゃあるまいし、副長官にお伝えするだけなの？　まるで、伝書鳩《でんしょばと》みたいに？」

都知事は真面目な顔で言ったが、内心は大笑いしていそうだ。

「でもね、ワタクシも考えたんです。この件は一筋縄で解決する問題ではないと思っています。この再開発は法に則《のっと》って計画、実行されているもので、ほぼ瑕疵《かし》がありません。そうですよね？」

都知事は脇に立っている若い男……五井地所の担当者に顔を向けた。

「はい。都知事のおっしゃる通りです」

「それなのに、国連のイコモスや、反対を叫んでいる人たちは、再開発そのものに疑念を持って、およそ容認する気がない。最初から拠《よ》って立つ基盤が違います。下手をすればずーっと平行線になって、話し合いの余地も生まれないかもしれません」

五井地所の担当者は首がもげそうなほど激しく頷いている。

「そこで。で、あるならば」

都知事は語気を強めた。

「非公式に動く人の活躍が期待されます。そう、あなた方です」

都知事は私たちを右から左に、さながらカメラがパンするように睨みつけた。

「民間がやることなので、都としてはあまり口出しできない。もちろん国にだって口出しをする根拠がない。だから……あなた方の出番でしょう？」

「え！」

と、声を上げたのは、今まで黙っていた石川さんだ。

「あの、私たちが？　何を？」

「ですから、コンセンサスを得る、調整役です」

「いやいやいやいやいや」

私たち三人は同時に首を横に振った。

「私たちにはそんな権限はありませんし、そういう部署でも」

つい、私も声を上げてしまった。

「だーかーらー」

　都知事は歌うように言った。

「これはね、ハッキリ言って、ボタンが掛け違ってるの。古いことを言えば、成田空港闘争。あれみたいな構図になりかねないわ。このままだとどこまでこじれるか判りゃしない。昔みたいに過激派が元気だったら大変よ。ね、それ、判るでしょう?」

　ええまあ、と等々力さんは頷いた。

「異論はあると思うけれど、あの時も、法律とか賠償金とか、そういう原則論・筋論・法律論で押し切ろうとした国側と、やっとの思いで荒れ地を開拓して、農業や牧畜がなんとか軌道《きどう》に乗ってきた農家とでは、まったく話が嚙《か》み合うはずがなかったの。昔カタギの政治家もたくさん生き残っていたはずなのに、間に入って、相手の苦労を思いやって時間をかけて、最後は人情で懐柔《かいじゅう》する、そういう汗をかく人が少なかったんでしょうね」

「ええと、それは……つまり、その役目を私たちにやれと?」

「そういうことね。聞くところによれば、あなた方は『内閣裏官房』と呼ばれて、どこの役所も扱わない、ハミ出し仕事を見事にナントカしてきたところなんでしょう? 別名、政府の何でも屋」

「よくご存じで」

「ウチの秘書は凄いんです」

都知事はデスクの上に先ほど秘書さんが置いた書類をひらひらとめくった。

「この資料に、あなた方のことが全部まとめられてます」

「なんと！　総理官邸の中でさえ我々のことを知らない人がいて、継子《ままこ》扱いの我々なのに」

　等々力さんが、嬉しいような驚いたような、今にも背負わされそうな難題の扱いに困ったような顔で、言った。

「過分なご期待、恐れ入ります。しかしながら、そんな重大な責務を私どもが引き受けていいものかどうか、そもそもこれは政府ではなく東京都の事柄だけに、所管外でもありますし、持ち帰って検討させて戴ければと」

「副長官は引き受けろと言うでしょうね。実を言うと横島さんは、ワタクシが大臣時代に会議でよくご一緒して顔馴染みなのよ。ワタクシからひと言言っておいてもいいんだけど？」

「いえいえいえ、滅相もない」

　それには及びません、と私たち三人は一斉に立ち上がって言いかけたが、都知事はすでにスイッチを切り替えていた。

「で、次はナニ？　誰と会うの？　ああ、重盛《しげもり》とかのあの面倒な連中？　またこの件で、今度は環境保護団体の活動家と会うわけね？　まったく、抗議なんかもうウンザリだわ。

この件、キャンセルできないの？」

「できません」

太刀川秘書はハッキリと言った。

「先日キャンセルしてますから、今日こそはきちんと会っていただかないと、ネットで何を書かれるか判りませんから」

「仕方ないわね。じゃあさっさと済ませてしまいましょ」

都知事は溜息をついて顔をしかめた。


「しかし厄介《やっかい》なことになったたな」

等々力さんはドアを閉めた途端に愚痴《ぐち》った。

「都知事と調整するどころか、逆に調整を命じられるとはな……」

私たちが廊下に出るのと入れ違いに、パイプ椅子《いす》に座って待っていた女性グループが呼ばれて中に入っていった。

「あ〜ら、重盛さん！　お目にかかりたかったわ〜。まあどうぞ。今日もぜひ、いろいろ教えてくださいね〜」

都知事の明るく親しみやすい、まさに「いい人」としか思えない声が響いた。思わず振り返ると、ちらっとドアの隙間《すきま》から中が見えた。あの仏頂面《ぶっちょうづら》だった都知事が、今や満面の笑みで、入っていった女性グループを腰低く出迎えている。

つい三十秒前に、もうウンザリだキャンセルしたいと疫病神《やくびょうがみ》みたいに言っていたのに。

三池都知事の恐るべき豹変《ひょうへん》ぶりに、私は戦慄《せんりつ》した。

＊

塚原総理大臣補佐官の心は揺れていた。

妻の疑惑が報じられたとは言え、週刊誌、それも有力誌ではあるが一誌だけで、後追いの報道をする媒体《ばいたい》はない。特に箝口令《かんこうれい》を敷いたわけでもないが、マスコミは勝手に忖度をして、この件の報道を控えている。

そもそもが、妻の疑惑といっても彼が結婚する前の、別の男とのあいだの事だ。彼自身が関与したわけではない。そういう経緯もあって、マスコミもこの件の扱いには慎重になっているのだろう。

彼が意識的に、マスコミに「報道を控えろ」と圧力をかけたり、警察に「捜査を止めろ」と指示したことはない。していないはずだ。たぶんしていないと思う。していないんじゃないかな。ま、ちょっとしたかもと、さだまさしの歌のように、考えれば考えるほど判らなくなっていく。書類で命じた記憶は、まったくない。かと言って正式に誰かを呼びつけて口頭で申し渡した記憶もない。あるとしたら、なにかのついでに「まあちょっとお願いよ〜」という感じで冗談交じりで手加減を頼んだくらいか。やったとしても、せいぜい、その程度なはずだ。

しかしその結果、マスコミが萎縮《いしゅく》して、尖った週刊誌が書き立てる程度で沈黙してしまい、警察も捜査を止めてしまったのだとしたら……補佐官の威光には空恐ろしいモノがある。当人としてはそう思うしかない。

現状、この件は、極めてデリケートな形になってしまっている。おいそれと誰かに相談するわけにもいかない状況だ。ことに派閥のボスで、職務上は側近として仕《つか》えている大物政治家に話すのはタブーだろう。派閥や政権にまで迷惑をかけるわけにはいかないのだ。

「上のほうを動かして、なんらかの権力を行使したんですか？」とマスコミに問い詰められるキッカケを作ってしまうことになる。かと言って派閥の後輩とか自分のスタッフ、後援会長やタニマチなどにも話せない。彼らは口が軽い。秘密めかして話せば話すほど、「この話は重要なのだ」と思われてしまう。「ここだけの話だ。誰にも言うなよ、実は」という具合に「自分は政府の要人に重大な秘密を明かされるほどの人物なのだ」と思い込んだ彼らが、得意げに話題にする。どんどん広まってしまう。そういう実例を、今までに山ほど見てきた。デリケートな問題だけに、完全に自分の胸に納めて、悩みを口外するわけにはいかないのだ。

だが……。

結果として自分の身の振り方が取り沙汰され、政権を揺るがすようになってしまった。過去のちょっと不用意な言動までが掘り返されて、繰り返し揶揄《やゆ》のネタにもされている。

彼は議員宿舎の自室で、一人、グラスを傾けた。都内に自宅はあるが、妻の顔を見れば、どうしても「あの話題」に触れることになるだろう。無理して他の話題を選んで話すのも、なんだか苦痛だ。好きな映画や音楽の話をしても、どうしても虚《うつ》ろになってしまう。料理上手の妻が作る食事も、この一件以来、味が判らなくなっている。

問題の疑惑……「妻が以前の同棲相手を殺したのではないか」という記事が週刊誌に載る前日、彼はその週刊誌の編集長から記事のゲラを受け取り、取材を受けた。「なにか言いたいことはありますか」という、まさに「当事者にも取材しました」というアリバイ工作であることが見え見えの取材だった。もちろん、報じられるのは寝耳に水ではなく、しばらく前から彼や彼の周囲の人物、特に妻の身辺には取材者が付き纏《まと》い、しつこく取材をしようとしていた。いずれはスキャンダラスに報じられるのだろうと覚悟はしていたが……。

彼は、妻の潔白を信じている。だが、もしかして、という思いがまったくないと言えば嘘《うそ》になる。

妻は、前の同棲相手を実は殺しているのではないか？　もしくは、誰かに殺させたのではないか？　という疑惑が一度も浮かばなかった、とはとても言えない。

ただ、事実はどうであれ、おれはキミを守る、と彼は妻に誓ったのだ。

事実、世の中すべてを敵に回しても……と思うほどに、彼は妻を愛していた。

演歌ではないが、さんざん女遊びをした末に巡り合った、最愛の存在、それが妻だ。二十歳近く歳が離れており、しかも周囲の反対、水商売の女だから過去があるに決まっていると、親しい者が忠告するのを押し切って結婚したのだ。それほどに惚《ほ》れ抜いているし、結婚して十年近く経っても、その気持ちに変わりはない。我ながら一《いち》途《ず》な気持ちに驚くほどだ。

だから、妻が殺人に関わっていたとしても、構わない。それがどうした、とさえ思う。いつもそういう結論になる。今夜も、ナッツやクラッカーといった乾き物だけを摘《つ》まみにスコッチをストレートで飲むうちに、ヒロイックな気分になった。愛するものをおれは絶対に守ってみせる、世間がどう思おうと、という、悲壮感溢れる気分だ。

しかし……酔いが覚めると、途端に不安が押し寄せてくる。

妻の犯罪が露見して、すべてが崩壊する悪夢。彼がこれまで積み上げてきたキャリアが一瞬にして崩れ、ただの初老の男になり果ててしまう恐怖。

だったら妻と離婚して、完全に切り離してしまえば、なんとか自分は助かる。しかし、妻を失ってしまう。妻の気持ちは完全に去ってしまうだろう。

それは……耐えられない。それだけは、絶対に耐えられないのだ。

結局、同じところを堂々巡りするばかりで、解決策も何もない。週刊誌と刺し違えようかという気分にさえなる。

トイレに立って小用を足していると、ふと、疑念が頭をもたげた。

そもそも、例の件を週刊誌は何処《どこ》で知ったのだ？

あの事件を捜査していた刑事が、捜査の進展を邪魔されたと腹を立て、週刊誌にリークしたのか？　いや……それをやると、職務上知り得た秘密を漏らしてはならないと定めた地方公務員法に違反する。それでも構わないと思ってのリークなのか？

しかし、その刑事が、ウチの派閥と敵対する有力者と通じていたら？

いや、この件について妻と話し込んだのは、警察から帰される妻を迎えに行った、タクシーの中だけだ。それも、ヒソヒソ声だった。けっして感情的な大きな声は出さなかった。しかし……あの記事を読むと、彼らがタクシーの中で話したことが、ソックリそのまま載っているのだ。そうとしか思えない。

もしかして、タクシーに盗聴器が取り付けられていた？

「いやまさか」

と彼は声に出して否定した。

とは言うものの……乗ったタクシーは秘書に手配させて呼んだものだ。誰が乗るかはたぶん判っていただろう。総理官邸から自宅のある杉並区《すぎなみ》まで乗ったから、乗ったのは誰だかハッキリ判る。

「もしかして」

と彼はまた声に出した。

日本政府の弱みをなんとかして握りたい外国のスパイが、そのタクシーに細工をしたとか？　おれが乗ることが判った上で、その車両に仕込んだとか？　全車両に仕込んであって、というのはいくらなんでも荒唐無稽《こうとうむけい》だろう。

そしてそういう情報を収集しているのは……中国？　今話題の、中国秘密警察の日本支局の仕業《しわざ》なのか？　いや、そういう諜報《ちょうほう》活動なら秘密警察ではなく専門の諜報機関があるはずだ。いやいや、だったらそれは中国に限らず、同盟国のアメリカだってやりかねんぞ。

そもそも、このネタを週刊誌に売って、政権を不安定にさせて得するヤツというと……。

やはり、アメリカに非常に近い現政権に、ダメージを与えたい中国の仕業なのか？

「まさか……国際的なパワーゲームに巻き込まれてしまったのか……」

塚原補佐官は、自分の小便に血が混じっているのを見て驚いたが、いやいや、今はそれどころではない、と気持ちを引き締めた。

これは、きちんとウラを取って調べ上げる必要がある……。

彼はトイレから出ると、スマホを取り上げようとした。

が、まさにその瞬間、スマホが鳴ったので、驚きのあまり取り落としそうになった。

かけてきたのは、彼の妻だった。

なんだこんなときに、と不機嫌な声で出てはいけない。彼は自戒した。この件で、おれより憔悴《しょうすい》しているのは妻なのだ。

「……私だ」

彼は努めて落ち着いた声で話そうとした。

が、電話の主は妻ではなかった。画面に表示されている名前は妻のものなのに。

『塚原先生ですね？　総理大臣補佐官の塚原貞次さん』

初めて聞く声だ。男の声。落ち着いた、暗い声。

『週刊誌の件は、いろいろと大変ですね。ご心痛、お察し致します』

塚原としては何も言えない。どうして妻の携帯からあなたが掛けてきているのだ？　と訊きたいが、事情が判らない以上、それも躊躇《ためら》われる。相手が正体不明な以上、余計なことは怖くて言えない。声からは、相手の年齢すら判らない。どういうタイプなのか……ヤクザかマスコミか、悪戯か、それも判断がつかない。

『先生もお忙しいでしょうから単刀直入に申し上げる。私は、この件をマスコミに漏らした人物に影響力を行使出来る立場にある。先生も、このような件で窮地《きゅうち》に立たされて、さぞやお困りでしょう？　どうです？　私が解決を請け負うと言ったらどう思われます？』

口を利いてやるから金を寄越《よこ》せ、というよくあるパターンだ。

塚原は相手の機嫌《きげん》を損ねないように断ろうとした。相手を怒らせると藪蛇《やぶへび》になって、さらに面倒な事態に巻き込まれることを恐れた。

『おや、お返事がないようですが、先生は私を疑ってますね？　たんなる脅迫者《きょうはくしゃ》だと思ってますね？』

仕方なく応答する。

「私にはあなたの正体も何も判らない。なのに信用しろ、と言うのが無理な話ではないのかな？」

『それはそうでしょう。では、「ドラゴン」という言葉に心当たりはありませんか？』

塚原は絶句した。それは、夫婦の間でのみ知っていることであるはずだ。

電話の相手の口調に、かすかな訛り、それも外国語の影響を受けた訛りを感じる気がする。訛りだから二人の共通の故郷である四国のものか？　とも思ったが、どうもそうではない。

「目的は、カネなのか？」

『それはおいおい、ゆっくりとお話ししたいと思います。お目にかかれますか？』

「何時《いつ》、何処で？」

『もしも可能ならば、今すぐでは如何でしょう？』

　相手はすぐに付け足した。

『もちろん、ご不安のことと思います。先生の身の安全を保障する意味で、オープンな場所でお目にかかるのは如何でしょう？　Tホテルのラウンジでは如何ですか？　あのホテルなら、なにかあれば警備員がすぐに駆けつけます。先生は声を上げるだけで大丈夫です』

「しかし……いきなり撃たれたり刺されたりする危険がある」

『まさか。これから交渉しようという相手をいきなり殺すのは愚かすぎると思いませんか？』

「交渉というのは口実で、本心は私を殺そうとしているのかもしれない。捕まってもいい鉄砲玉を使って」

『……失礼ですが先生。人を殺すと簡単におっしゃるが、そんなことをしてしまうと非常に面倒なことになる。私にはそこまでの代価を払って先生の命を奪う理由がありません。先生にしても、今まで、命を取られるほどの面倒なトラブルは起こしていないのではありませんか？』

それはその通りだ。小心で慎重な塚原は、スキャンダルやトラブルになりそうなことはすべて細心の注意を払い、巧みに避けてきた。しかし、妻の過去を子細《しさい》に調べなかったことだけが失敗だった。惚れた弱みというヤツで、妻に関してだけは慎重さを欠いてしまったのだ。

「判った。今からTホテルに向かう!」

通話を切った彼はアプリでタクシーを呼ぼうと思ったが、さっき思い当たった疑惑がある以上、使えない。

なので、議員宿舎を出て、路上で流しのタクシーを拾った。これなら盗聴器は仕込めまい。

第三章　中国との取引

下町から都庁を経て、内閣官房副長官室に戻った私は、三池都知事の豹変っぷりに「オトナの世界の恐ろしさ」を感じて、ぼうっとしていた。

「おい、どうした上白河？　あれくらいのことで引いてたら、この仕事やってけないぞ」

等々力さんは先輩風を吹かせているつもりかニヤニヤして私を見た。だがそういう等々力さんだって、都知事室の廊下で三池小百合の鮮やかな掌返《てのひらがえ》しを目の当《ま》たり《あ》にした瞬間、「だからおれは結婚しないんだ」と呟《つぶや》いていた。私はそれをしっかり聞いている。

「女心と秋の空ってな。女は怖いよ」

「お言葉ですけど、女性だから豹変するんじゃなくて、政治家だからじゃないですか？　そういう性差別はイケナイと思います」

我ながらなんというい い子ちゃん発言か。中学の時の学級会で始終こういうことを言ってる優等生がいたっけな、と思い出しながら私は言った。当時は意識タカシくんと馬鹿にしていた私なのに、変われば変わるものだ。福生《ふっさ》の元ヤンでレディースだった私も、こういう職場で働いていれば昔と同じではいられない。

「なんだキミは？　学級委員長か？」

果たして等々力さんは予想通りの反応をした。

「まあしかし、三池都知事のアレはプロだぞ。プロの豹変。恐るべき熟練のワザだ」

私たちのやりとりを、室長はニコニコして聞いている。

「政治家ってのはまあ、そんなものです。そんな事で驚いていたら、政治家という人種とは付き合えませんよ。ことに三池都知事は女性の身で、加えて実家が太いわけでも世襲政治家でもない、女の細腕ひとつでここまでのし上がってきたヒトですからね。あ、これは性差別的発言ですな」

「たしかにね。彼女はいつもその時々で力のある誰かに寄り添ってきた。政界渡り鳥と言われて、風を読む能力だけは他者の追随を許さなかった。まあ、それもいつまで続きますかねえ」

出前の五目蕎麦《ごもくそば》を食べながら、津島さんがなんだか冷ややかな言い方をした。

「津島さん、美味しそうですね。おれもなにか出前取ろうかな」

「言っとくがこれは残業の夜食じゃないからな。取るなら自腹だぞ」

「大丈夫ですよ。蕎麦やカツ丼くらい、自腹でも」

等々力さんがそば屋の出前メニューを手に取ったとき、電話が鳴った。

「内閣官房副長官室です」

電話を取った瞬間、石川さんの背筋が伸びて顔が強《こわ》ばった。

「は？　まさか、塚原補佐官が？」

受話器からは横島副長官のものらしい怒鳴り声が聞こえてくる。音量からして手のつけられないほどヒートアップしている。石川さんは耳から受話器を離して顔をしかめた。

その受話器からは「判ったか！」という怒鳴り声が響いてきて、ブツッという通話が切れる音がした。

「……横島副長官から、たいそうご立腹のお電話でした」

全員が頷いた。それは聴くだけで判る。

「塚原補佐官が、昨夜から行方不明になっているそうです。そこで横島副長官から、一刻も早く探し出せ！　との御下命です」

「ええっ、補佐官が行方不明？　……しかしそれは、警察の仕事では？」

等々力さんが驚きとともに承服できなさそうに言った。私も同じことを思った。警察からの出向者がトップとはいえ、私たちは何でも屋ではない。

「建て付けとしてはそうなんですが……警察は、法に則って公明正大にやらなければならないが、お前らにはそういう縛りはない。どんな手を使ってでも塚原補佐官を探し出せ、との仰《おお》せです」

石川さんは事務的に横島副長官の言ったことを伝えた。

「ひでえなあ。それじゃあ我々は法を無視したムチャばかりやってるみたいじゃないか。ウチは特高《とっこう》でも憲兵隊《けんぺいたい》でもないし、そもそも捜査権だってないじゃないか！」

ボヤく等々力さんに津島さんも言った。

「我々は、往年の『ザ・ガードマン』と同じだな。逮捕は出来ない武器も持てない。しかもガードマンは民間だが、我々は公務員なだけ制約がある」

手を縛られた状態でどうしろと？　と津島さんがうんざりした気持ちも露《あら》わに言い、石川さんと私は顔を見合わせた。なんなのだろう「ザ・ガードマン」って？

「まあそれは、今に始まったことではないでしょう。なんせ我々は日中の武力衝突を未然に回避させたし、原発の爆発だって防いだし」

室長は穏やかな表情で言った。

「しかもその手柄を他人に言うのは守秘義務に違反するし、うっかり口外したとしても、誰も信じてくれないでしょう。報《むく》われることの少ない任務です」

「死して屍《しかばね》拾うものなし、ですか。だったら室長が釘を刺してくれればいいのに。ウチは政府の便利屋じゃありません、と」

等々力さんは不満をぶちまけた。

「そうは言ってもねえ、何処《どこ》の部署も所管外の『谷間のアレコレ』を、誰かが処理しなきゃいけませんのでね」

「それは判っているのですが」

等々力さんは腕組みをした。

「やってることは、ヘナチョコ秘密諜報員ですけどね。だからといってミスも出来ない」

「じゃあ、どうしようか」

津島さんが立ち上がった。

「とりあえず第一歩としては、警察から情報を流して貰わんとどうしようもない。何処で消息を絶ったのか、塚原補佐官の予定とか、いろいろ」

津島さんは独り言のように言いながら、警視庁に電話を入れて、細かな情報を聞き出した。

「とりあえず、私たちは何をすればいいんですか？　警察以上の働きは出来ないいんじゃないかと思うんですけど」

私は石川さんに訊いた。

「僕もそう思う。なんせ僕たちは基本、事務職員だから。上白河さんは、そんな事務屋の我々だけじゃ頼りないという事でスカウトされたわけで」

「で、ヨコシマ副長官は、非合法な手段を使ってもいいと言ったのかな？」

等々力さんが石川さんに訊いた。

「警察は組織の縛りがあるから機動性に欠けるが、我々なら小回りが利くからどんな手でも使え、急げって、要するにそう言いたいんだろ、ヨコシマ副長官は？」

「そういうことだと思います」

石川さんは頷いた。

「けどさ、捜査権も逮捕権もないおれたちが、仮に補佐官を誘拐した犯人を見つけ出して特定しても、捕まえられないんだぜ？　どんな手を使ってもいいとか言ったけど、後でそれが問題になったら、『それは彼らの解釈ミスで、私はそんな事は言っていない。言ったとしてもそれは言葉のアヤであって、超法規的行為を許可した覚えはない』とか言って逃げるんだぜ。それがお偉方の常套《じょうとう》手段だ。焚き付けるだけ焚き付けておいて、いざトラブルが起きたら逃げる。そして手柄はヨコシマのモノになる」

やってらんねえよな、ったく、と等々力さんにはおよそやる気がない。

津島さんも警視庁のあちこちの部署に連絡しつつ、その合間に「そっちが判らないんじゃ、こっちはもっと判らないなあ」などと眉間《みけん》に皺《しわ》を寄せている。

「でも、この感じだと、今からすぐ動けってことになりそうですね。僕たちにはプライベートな時間はないんですか？　恐怖のブラック職場ですか？」

石川さんも不満そうだ。

室内の不穏な空気を察知した室長は、「まあまあ」と声をかけた。

「たしかに、急に言われてもどうしようもありませんね。まずは警察に動いてもらって、状況だけでも確認しないと。しかし我々が警察と一緒に動く必要もないのでね。情報は私と津島君で集めて分析しておきますから……」

　室長はそう言って壁に掛かった時計を見た。

　十七時。つまり、午後五時。世間では退勤の時間だ。

「いい時間だ。君たちは、今日のところは帰って、明日からのために英気を養ってください」

「そうですか。判りました」

　あっさりと受け入れる等々力さんに忖度や遠慮はない。「上司が帰るまで部下も残る」日本の残業システムとは無縁の人だ。「帰れるときには絶対帰る」人なので、二つ返事でオフィスを出て行ってしまった。

　私も石川さんも、「それではお言葉に甘えて」と帰宅することにした。

「もしかすると夜中に緊急呼び出しするかもしれませんが、その時は申し訳ない。先に謝っておきます」

　室長はそう言って笑みを作り、私たちを送り出してくれた。

　私は結構、引っ越し魔だ。別段、住み処《すみか》を秘密にする必要があるわけではない。いろんなところに住んでみたいのだ。家具や荷物が多ければ引っ越しが面倒になるのかもしれないが、私の場合は衣類が少しだけ、本はほとんど持っておらず、電化製品も小さな冷蔵庫に湯沸かしポットにオーブンレンジに小さなテレビくらい。あとは布団。だから六畳一間あれば住める。出来ればお風呂はあって欲しいが。

今、私は、通勤と家賃のことを考えて、恵比寿《えびす》の外れに住んでいる。ここからなら、イザという時、自転車でも、いや走ってでも国会近くの内閣官房副長官室に行ける。陸自にいた時は重い荷物を背負って山野を五キロ走る訓練が当たり前だった。電車が止まったらたどり着けないというのはマズい。それに、恵比寿ならお店が豊富なので便利だし。

オフィスが入居するコンビニの二階から階段をおりたところで石川さんと別れた私は、一駅分を早足で移動し、そこから地下鉄に乗ろうと思って歩き出した。

その時、スマホが震えた。

発信元は非通知だが……もしかして、と思って電話に出た。

『国重です』

「やっぱり」

と、思わず声が出た。

「国重さん、非通知なのは、こっちから連絡出来ないようにするためですか？」

『今はもう帰り道？』

国重は私の質問を無視した。

『至急、会えないかな？　大事な話がある』

「なんですか？　大事な話なら、下っ端の私じゃなくて、津島さんか……」

室長に、と言いかけた私を国重は遮った。

『いや、君だから話したいんだ』

渋谷で落ち合うことになった。恵比寿には近いから、まあいいか。

「カフェとかオシャレなところじゃなくて、私、お腹減ってるんで、ガッツリ食事できるところにしてください」

国重は、東急《とうきゅう》プラザと渋谷マークシティに挟まれた、オヤジ御用達《ごようたし》の一帯にある料理屋を指定した。


探し当てた料理屋は、渋谷のビルの地下にこんな広い空間があるのかと驚くような場所だった。店内には川が流れて小さな橋もある。客席はオープンなテーブル席のほかに、障子《しょうじ》で仕切られた畳敷きの個室がある。国重が取ったのは個室だった。

「気にしなくていいです。全部経費ですから」

個室に入り、飲み物を注文してスタッフが去って、即、国重は本題に入った。

「塚原補佐官が行方不明なんでしょう？」

「どうして知ってるんですか？」

「そこは蛇《じゃ》の道はヘビ……と日本では言いますよね？」

国重は笑いを堪《こら》えるような顔をした。

しばらく会わないうちに、国重は妙にスレた感じがする。仕事で私が接触することもある、ナントカ省やカントカ庁の官僚のように、皮肉めいた口調でこっちを見下している感じさえ受ける。

「私からも情報を流す代わりに、取材しても放送出来ない、デリケートな情報を内々に教えてもらえる仕組みを作ってあるので」

「だから国重さん、なんでも知ってるんですね。じゃあ、塚原補佐官がどこにいるのかも知ってたりして？」

冗談で言ったのだが、意外にも国重は真顔で頷いた。

「ええ、知ってますよ」

知っていて当然、というような彼の態度に私は驚いた。

「国重さん、あなたが知っているのなら警察も知っていますよね？」

だったら私たちの出番はないのではないか？

「そう思いますか？　私の情報網は、日本の報道機関、官庁、主な企業だけではありません。日本における中国人の裏社会からも情報は届くのです」

「じゃあ」と私が身を乗り出したとき、障子が開いて料理が運ばれてきた。これから宴会が始まるのかと思うほどの料理の数々。お造りの盛り合わせ、ヤキトリの盛り合わせ、アボカドのサラダ、湯豆腐、魚と野菜の天ぷら盛り合わせ、手鞠寿司《てまりずし》……。

「とりあえず飲みましょう。久々にレイさん、あなたとじっくり話が出来ることを祝いましょう」

国重は私のグラスに、スパークリングの日本酒を注《つ》いだ。私も注ぎ返そうとしたが、彼は手酌《てじゃく》でグラスに注いで、「カンペイ！」とグラスを合わせてぐいっと飲んだ。

「日本酒の発泡酒、初めて頼んだけど、なかなかいけますね」

国重がそう言って、食欲旺盛《おうせい》にどんどん食べ始めたので私は呆気《あっけ》にとられた。これが中国人ならではのタフさなのか……などと思ってしまうのは偏見《へんけん》か？

さてここでどう振る舞うべきか、と考える私は箸《はし》が進まない。

国重が、塚原補佐官の居所を知っていると言ったのに、その先を口にしないのは、取引材料にするつもりだからだ。彼はこちらに球を投げて、私の反応を見ているのだ。

「どうしました？　食が進みませんね。お口に合いませんか？」

「こんなご馳走を食べるつもりじゃなかったんです。餃子《ギョウザ》とラーメン、半チャーハンとか何かの定食で十分だと思っていたのに」

私は、ぱしっと音を立てて箸を置いた。

「国重さん、そうやって私の出方を探るような真似、止めて貰えませんか？　酔わせて喋らせようとでもしてるんですか？　私なら落としやすいと思ってます？」

舐めた真似をされるのは好きではない。

「とんでもない！」

国重は驚いて目を丸くした。

「レイさん、いや上白河さんは滅茶苦茶手ごわい人だと思ってますよ。タフな肉体はタフな精神を宿しますからね。落とすなら……そうですね。等々力さんの方が簡単です。あの人ならホイホイと、なんでも喋ってくれそうです」

私は国重の人を見る目の無さに呆《あき》れた。

「判ってないですね。等々力さんは根性が曲がっているから、あっさり落ちる、と見せかけてじわじわと条件の吊り上げにかかりますよ。それでいて最終的には何も喋らない。いわゆる闇落ちは、させようとしてもしない人です」

拷問《ごうもん》には弱そうですけどね、と私は言い、さらに続けた。

「そして石川さんのような人は真面目だから最初から落ちる可能性はありません。津島さんと室長？　あの人たちは、のらりくらりしていっこうに話が進まないまま、いつの間にか相手が根負《こんま》けするっていう、純日本式な勝ち方をするんじゃないですか？」

そう言った私は、手鞠寿司をひとつ、どうにか口の中に放り込んだ。

国重は頷くと、ニッコリ笑った。

「これは失礼しました。そういうクセモノが揃っているからこその『内閣裏官房』なんですよね。ではこちらも、余計な駆け引きは抜きでお話しします」

国重も、マグロの赤身を一切れつまみ、発泡日本酒を一口飲んだ。

「塚原補佐官の居場所をお教えします。しかし、教えることと引き換えに、あるものが欲しいのです」

「交換条件ですね。だけど、そんな重要な事、私一人では判断出来ませんよ」

「それも承知です。『持ち帰る』んですよね？　しかし室長も津島さんも、まだオフィスに残って、情報収集そのほかの折衝《せっしょう》を、警察や上の方と協議している最中の筈《はず》です。そこにあなたが今、電話して相談すれば、すぐに結論が出るのではありませんか？」

「国重さん、あなたの情報が正しいという保証はありますか？」

「私がお教えする場所に行けば、塚原補佐官はいるんだから。正しい情報であることはすぐに証明されます」

「ということは……私たちが塚原補佐官の身柄を安全に確保してから、お礼として、その、あなたの知りたい情報を教えるということでいいんですね？」

「またまた」

国重は冗談にしようとして、笑った。

「そんなコドモみたいな手に引っかかるわけがないでしょう。同時です。補佐官の居場所を私が教えるのと同時に情報を交換してください」

国重はそう言って、焼き鳥を一本分、一度に串から抜いてバラバラにした。

「なにが知りたいの？」

「ある場所における、ある日時の、監視カメラの映像です。民間が設置した監視カメラ・防犯カメラの映像は、警察が捜査権を使えば提供させることが可能でしょう？　つまり日本の警察を通せば映像は集まる。そして内閣裏官房のあなたがたなら、警視庁からその情報を引き出すことができる」

国重はそう言って、湯豆腐を器用にすくって口に入れた。

「うん。ここの湯豆腐も美味しいですが、京都には及ばない。やっぱり湯豆腐は京都で食べるに限りますね。シンプルな料理ほど、素材と水の違いが生きてくる」

国重は食通ぶったことを言った。私は京都の湯豆腐を食べたことがないから、どれだけ美味しいものか全然判らない。

「どうです？　悪い取引ではないと思いますが」

「たしかに、総理大臣補佐官は政府の重要な地位にある人です。行方不明というのはとても不名誉だし、あってはならないことです。それで国重さん、あなたが欲しい映像は、それに見合う価値がある大切な情報なんですね？」

そうです、と国重は頷いた。

「ありていに申し上げましょう。我々が追っている、ある日本人の足取りを見失ってしまったのです。これから私が指定する場所が、その日本人が確認された最後です。その場所で、問題の日本人は『ある人物』と会っていたはずなんです。その会っていた人物を特定して、何をしているのか確認したいのです」

特定したい人物は中国人だ、と国重は言った。

「その人を特定して殺すんですね？」

「いやいや、我々はそんな恐怖政治は敷いていませんよ」

国重は疲れたように笑って、海老天《えびてん》に箸を伸ばし、パリっと小気味よく嚙み切った。

「でも、凄い監視技術を使って、全国民を監視しているのでしょう、中国政府は？」

「それはそうですが、しかし、批判されるべきは我が政府だけですか？」

国重は居住まいを正した。

「たとえば日本で多くのユーザーを有しているネット・コミュニケーション・ツールに、DIMEがありますね？　レイさん、あなたは使ってますか？」

「使ってません」

私には現在、友達がほとんどいないし、ネットでの繫がりもない。必要があればショートメッセージを使う。

「ＤＩＭＥは日本で開発されて日本の会社が運営していることになっていますが、データセンターは中国にあって、その中国の拠点でメンテナンスもやっています。そして中国では法律で、業務上知り得た情報はすべて中国政府に渡さなければならないことになっている。それはあなたも知っていますよね？　通信は一般に暗号化されて処理されますが、ＤＩＭＥの場合、暗号キーは運営側が持っています」

そこがテレグラムなどとの違いだ、と国重は言った。何が言いたいのだろうか。

「従ってＤＩＭＥは中国政府から要求されれば利用者の通信内容を提供することが可能、というより提供しなければならないのです」

「……つまり、中国政府はＤＩＭＥの通信内容も監視していると？」

「はい」

国重は当然のことのように肯定《こうてい》した。

「しかしながら、それを以《もっ》て中国は個人情報を政府が管理している、政府にすべて筒抜けだ、と中国政府を批判するのはフェアではない。『あらゆる通信の傍受《ぼうじゅ》』を先に始めたのはアメリカだ。アメリカは自国民のみならず、同盟国の国民に対しても『通信内容の監視』を実行している。すでに知れ渡った話です。日本はアメリカの同盟国なのに、アメリカは日本国内の通信をすべて傍受してるんですよ。ＸＫｅｙｓｃｏｒｅ《エックスキースコア》が何であるか、自衛隊にいたあなたなら知っているでしょう？」

「それについては詳しく知りませんけど、アメリカの機関が主要国の通信を傍受していることは知っています」

「ＸＫｅｙｓｃｏｒｅは、世界中の外国人に関するインターネット上のデータを収集して分析するシステムです。これは米国国家安全保障局（ＮＳＡ）が開発してオーストラリアの国防信号局（ＤＳＤ）やニュージーランドの政府通信保安局（ＧＣＳＢ）などと共同運営されていて、日本に駐留するアメリカ軍の基地に拠点があり、あなたの古巣である自衛隊もその情報収集活動に協力してるんです。福岡の陸上自衛隊情報本部太刀洗《たちあらい》通信所には、巨大なアンテナとドームがあって、アジア地域を主に監視対象にして、二百の衛星の通信を傍受しているのです」

　それに、と国重は声を潜めた。

「アメリカは同盟国を三つのグループに分けています。第一グループは自国、第二グループは自国にイギリス、カナダ、オーストラリア、ニュージーランドを加えた五カ国、いわゆるファイブアイズです。まあ英語圏ですね。ファイブアイズは国際諜報同盟であり、ＮＳＡとほぼ同じ技術を入手でき、機能的にも差異はありません。その他がサードパーティで、このカテゴリーに日本が入ります。が、サードパーティは機能が制限されて差がつけられていますし、日本に対してはハッキングが実行されているのです。日本はアメリカの同盟国なのに」

国重は慎重に、私が理解出来るように、ゆっくりと話した。

「要するに英語圏限定の、ごく限られたグループが、世界の全通信を傍受記録保存して分析してるんです。アメリカがやっている以上、当然、我々も対抗します。NSAには及びもつきませんが、それなりに手を尽くして情報を集めているのです」

国重は、ここでほとんど開き直るような口調になった。アメリカがやっていて、そのおこぼれに日本も与《あずか》っているのだから、中国を批判など出来るわけがない、という理屈だ。

「ああもう面倒だ。ぶっちゃけ言ってしまいましょう」

言い訳ばかりしているのがイヤになりました、と国重は突然、くだけた言葉遣いで言った。

「中国の、ある地方政府の人物が問題の日本人と会っていたはずなのです。恥を曝《さら》すようですが、今、中国の地方政府は破綻《はたん》一歩手前の状態に陥《おちい》っているところが多いのです。しかし地方政府を破綻させてしまうと、責任者にはひどい罰が待っています。拷問で不具者にされた挙げ句、懲役刑《ちょうえきけい》にされるかもしれません。だから地方政府の高官はなんとか破綻を回避しようと、粉飾《ふんしょく》決算をしたり、巨額《こ》の借金をしたりして取《と》り繕《つくろ》ってきました。そして……その過程で、汚職官僚が私腹を肥やす犯罪も横行しているのです」

国重が演説している間に、私は何故か突然食欲が湧いて、並んだ料理をあっという間に食べ尽くしてしまった。

「あの」

「はい？」

国重は質問を受け付ける講師のような顔をした。

「追加注文していいですか？　この特製和風チャーハンと、にゅうめんが食べたいのですが」

国重は脱力したが、許可してくれた。

「いいですよ、どうぞ」

追加注文はテーブルにあるタブレットからすることになっている。私はメニューを操作しながら国重の話を続けて聞いた。

「つまり国重さん、あなたはその日本人を追ってるんじゃなくて、その日本人が会っていた中国人を特定したいんですね？」

「だから、さっきからそう言ってるじゃないですか」

国重は苛立たしげに言った。

「我々は、その人物が誰か……目星はついていますが、我々が内偵している人物であることを確定して、その人物が何をしているのかを確認する必要があるのです。経済を破綻させた上に汚職までしている、いわば国家に対する裏切り者なので」

「殺すんですか？」

「ですから私たちはそんなことはしません。法に則って厳正に処分します」

追加の料理が来た。

国重はお酒を追加して私にも飲むようしきりに勧めてきたが、その手には乗らない。その代わりに私はどんどん食べた。

「どうですか？　塚原補佐官の居所と、私が指定する場所と日時の、防犯カメラの映像データの交換、いかがでしょう？」

「ですから私の一存では判断できません」

「まあそうでしょうね」

そう言いつつも国重は苛立っている。指先で座卓をとんとんと軽く叩き続けている。だが私だって、わざと彼をイラつかせているわけではない。国重は辛抱《しんぼう》強く要求した。

「持ち帰って検討します、があなた方の遣り方であることは知っています。けれども私だって急いでいるのです。今ここで、津島さんか室長に電話して掛け合ってください」

「それはいいですけど」

私はそれまでチャーハンを掬《すく》って食べていたレンゲを置いた。

「津島さんも室長も、二つ返事でＯＫは出せませんよ」

「それも判っています。しかし、この話がお二方の耳に早く入れば、それだけ早く回答も来るでしょう？」

国重は焦《あせ》っている。一刻も早くその「中国の要人」を特定し、「犯行を確定」したいのだ。

等々力さんとか津島さんなら、国重の足元を見て、こちらにもっと有利な条件を引き出そうとするのだろうが……私にそういう面倒な交渉をする能力は無い。

「ですから悪い話ではないでしょう？　我が国と、党を裏切っている者が誰かが明るみに出たところで、あなたの国に何ひとつダメージはない」

「その中国人に会っていたという日本人は誰なんです？」

「それについては、必要な情報ではないでしょう？　私が指定する映像を見れば、あなた方にも判るはずです」

私を必死に説得しても意味がないのに……。私を口説《くど》き落とそうとする国重が不思議に思えた。

「断ったらどうなります？　もちろん私が、ではなくて、上司が、あるいは日本政府が、ですけど」

国重は、不思議そうな顔で私を見た。

「この取引をしない、という選択肢は、申し訳ないが、あなた方にはありません。断ったら、補佐官が行方不明である事をバラします。その結果、補佐官の身の安全がどうなるか」

「まさか国重さん、中国政府の機関、例えば中国警察の秘密の日本支部が、補佐官の身柄を拘束している、なんてことは？」

「ですから私たちはそんなことはしません！」

国重は即座に否定した。

「断じてそれはあり得ません！　上白河さん、あなたは補佐官を救出する気はないんですか？　塚原氏の身の安全を案じていないのですか？　私が情報を漏らせば、テレビに新聞、そしてネットニュースが一斉に飛びついて報じますよ。それを見た拉致《らち》グループは面倒になって、補佐官を処分してしまうかもしれない」

仕方なく私は、その場から津島さんに電話した。

*

三池都知事の焦りはますます濃くなっていた。

大神宮外苑の再開発問題がこれ以上こじれると、国際的にもさらにニュースが拡散されて評判が悪くなる。そうなると、都知事選再出馬のための資金としてアテにしていた、某銀行からの融資がご破算になる。そのメガバンクは当然ながら外国との取引も多いので、大神宮外苑再開発が国際問題化した場合、「国際世論」を気にせざるを得なくなるのだ。

「銀行の融資を人質にとって木を伐《き》らせないようにするなんて。遣り方があざといのよ。こうなるともう、条件闘争よね？　環境保護に無理解な、開発至上主義の政治家は淘汰《とうた》されるべき、とかいう極端な物言いが持てはやされるけど、実際のところは、国際世論にだってウラがあるのよね」

都知事は秘書の太刀川にボヤいた。

「だいたい欧米なんてキレイゴトの裏には薄汚い損得勘定があるわけじゃない？　CO_2の排出問題だって、お金の取引に変えてしまったし、ガソリン車をやめて電気自動車にするっていうのも、日本の自動車メーカーを潰したい意図が潜んでるわけだし」

「それはまぎれもない現実ですが、あんまり言うと都知事、アタマのおかしい陰謀論者と同じにされて、胡散臭いカテゴリーに入れられるので、どうかご注意を」

判ってるわよ、と都知事は太刀川秘書に毒づいた。

「世の中、紙一重なのよね。欧米の洗練された我田引水《がでんいんすい》な手法は、日本人にはなかなか真似できないしね。だからそういうことすべてを織り込んで、ウラを知った上で策を練らないとね。バカ正直に対応しても結局、バカを見るのはこっちなんだから」

秘書は、仰せごもっともと頷き、提案をした。

「ならば都知事。広く世の声を聞く都知事であるということをアピールするためにも、ここはひとつ、計画の大胆な見直しを宣言するというのは如何です？」

「見直し？　計画の中止とかではなく？」

　太刀川はニヤリと笑った。

「はい。あくまでも、見直しです。そうやって時間を稼ぎます。一時的に凍結、しかし再開したら計画は以前のまんま、というのも批判を浴びますから、樹木の伐採の面積を減らします。いえ、『減らす』方向で検討します。肝心なのは」

「待って。全部言わないで」

　三池都知事は手を上げて秘書を黙らせた。

「世論に敏感で、機を見るに敏な都知事、という事をアピールするのね？」

「そうです。ここはオリンピック利権目当ての連中にまんまと乗せられてしまったことを素直に謝って、その上で、世論に基づく『巻き返し』に出たという印象を前面に出すのです。都知事こそ都民の代表、聞く耳を持ち、駄目なものは駄目と言える政治家、という点をきっちりアピールしてください。利権目当ての老人たちにまんまと乗せられた、可哀想《かわいそう》な被害者という『弱さ』をあえて見せる。その手法が宜《よろ》しいのではないかと」

「そうね。危うく騙《だま》されそうになったけど、すんでのところで踏《ふ》み止《とど》まった、と。正しいことを見極めて、過《あやま》ちを正す勇気の持ち主、という線ね」

　それに、と都知事は付け加えた。その顔には悪魔のような笑みが広がっている。

「伐採する分の埋め合わせの植樹はどうなっているのかと、そこも問い詰めるわ。植樹にはお金がかかるから、五井地所もいい顔はしないかもしれないけれど、そこはアタクシが知恵をつけてクラファンをさせるわ。都民に呼びかけて……そうね、一口千円くらいで都民に苗木を買わせればいいのよ。植樹した木にあなたの名前をつけます、とか言えば、ホイホイ乗ってくるヒトたちはいるわよ」

太刀川秘書も深く頷いた。

「素晴らしいアイディアです。さすがは都知事。まずはこちらが会見のヘゲモニーを握って、いきなりハッタリをかます必要があります。報道陣に突っ込ませないために」

「大丈夫よ。任せなさい」

三池都知事は自信ありげに頷いた。

「それには……あのイケメン君にも協力して貰わなきゃね。ちょっと泣いてもらう役回りは、彼に振るわ」


その日の夜、十八時のニュースで生中継される時間帯を選んで、三池都知事は緊急記者会見を開いた。

硬い表情でお伴を引き連れて、登壇する三池都知事。

何を言い出すのか、と固唾《かたず》を呑んでいる報道陣をゆっくりと睥睨《へいげい》した都知事は、長い間を置いた末に口を開いた。

「わたくしは、まんまと騙されておりました」

その口調はキッパリとしていた。

「大神宮外苑再開発に関してでございます。わたくしは、騙されていたのです。その不明をまずは、お詫び致します」

都知事は深々と頭を下げ、用意された大型モニターに、大神宮外苑の再開発計画の見取り図が映し出された。

「最初の計画では、新規施設の建設予定地にある樹木は基本的には移植する、とのことでした。つまり伐採してしまう本数はほぼゼロ、と聞かされておりましたので、私は再開発計画に許可を出しました。しかしその後、再開発計画が予想以上に大規模なものとなることが判明いたしました。秩父宮《ちちぶのみや》ラグビー場と大神宮球場の全面建て替えなど、あの辺りの印象が一変するようなモノになってしまったのです。結果的に、樹木の伐採面積はかなり増えて、当初の『ほぼゼロ』とは大きな齟齬《そご》を来《きた》すようになりましたが、その詳細についてては都知事の私まで報告が上がっておりませんでした。これについては、都知事としての不明を、心よりお詫び致します」

三池小百合はことさらに沈痛《ちんつう》な表情を浮かべ、再度、深々と頭を下げた。

「しかしながら、残念なことに、都知事であるわたくしを軽視し、誑《たぶら》かそうという動きがあったことも事実です。報告などしなくても所詮《しょせん》女だ、あとから何とでも言いくるめられる、とでも思ったのでしょうか？　その首謀者こそ……そこの馬場崎くん！」

会見場の、都知事と横並びの席に着いていた五井地所の担当者・馬場崎は、厳しい声で名指しされて、電撃ショックを受けたように飛び上がった。

顔面蒼白。人間の顔がここまで白くなるのかと驚くほどの蒼白さだ。反射的に記者に向かい、おどおどと一礼する。

「彼こそが、この大神宮再開発計画のプロジェクトリーダーである、五井地所の馬場崎統氏です。都としては民間の開発なので、各種法令、および都の基準に合致しているかどうかの審査をしたまでなのです。その際に環境保護の観点から、違法性、もしくは合法だが違反ギリギリなラインであるとの可能性を、都としても精査するべきでしたが、彼の言葉巧みな説明と書類の作成術に、まんまと乗せられてしまったのです」

糾弾《きゅうだん》された馬場崎は震える声で謝罪した。

「こっこのたびは、東京都、並びに東京都知事に多大なるご迷惑をお掛けして……まことに、まことに申し訳ございませんでしたっ」

前以《まえもっ》て因果《いんが》を含めた上での公開処刑だった。可哀想に、馬場崎は社命のもとに人身御供《ひとみごくう》にされたのだ。

馬場崎は長い長い時間、頭を下げ続けた。額《ひたい》から流れ落ちる冷や汗が、ポタポタと壇上のテーブルにも垂れ落ちている。ややあって顔を上げ、へどもどと言った。

「へっ弊社《へいしゃ》と致しましては今後、東京都、ならびに東京都知事のご意向・ご指導に従いまして、環境保護の徹底を図《はか》り、首都として恥ずかしくない開発を進めて参りますことを、改めて、ここにお誓い申し上げます」

馬場崎は蒼白な顔に滝のように流れる汗を懸命に拭《ぬぐ》いながら一礼したが、ざわつく報道陣、中には怒号まで飛び始めたその雰囲気に、このままでは終われないという空気を感じとり、壇から降りて報道陣に向かって土下座した。

全面降伏だ。企業がここまで全面的な白旗を揚げることは、まずない。

それを見ている三池都知事は、感情を一切見せない能面のような表情だ。ニコヤカにしていても怒っていても、何か妙な意味づけをされて報じられるのを嫌ったのだろう。

その一方で、この件に関しては都知事から、ほとんど全権を委任される形で任務を遂行《すいこう》してきた都知事お気に入りのイケメン・涌井竣は、我関せずという顔で座っている。涌井が都の主務として中枢《ちゅうすう》にいるのは周知のことなので、彼が頭を下げたり非を認めたりすれば、都知事の責任問題に発展する。だから民間企業の馬場崎にだけ謝らせたのだろう、ということは報道陣にも判っているが、それを指摘する者はいない。

それに何と言っても、謝罪に関しては、のっけに都知事自身の芝居がかったハッタリ発言が場を攫《さら》ってしまったということもある。先手を取られて調子を狂わされた取材陣は、すっかりガス抜きされてしまい、都知事の責任問題を云々《うんぬん》する空気はまったくない。

馬場崎にしばらく土下座させた都知事は、やがて秘書に合図すると馬場崎を立たせて、元の席に着かせた。

「では都知事、今後の再開発に、具体的にどういう変更があるのでしょうか？」

報道陣からの質問に、完全に自分のペースに持ち込んだ都知事が答えた。

「なにぶん、国際的にも話題になっておりますので、詳細に検討の上、多方面に意見を伺《うかが》って、ご批判を受けることのない完璧な計画に練り直します。ただし、これは東京都が行う公共事業ではなく、あくまで民間ベースの事業でございますので、それに関する問題もクリアしていかなければなりません」

「計画の再検討に期限を設けないという事でしょうか？」

「そうですね。じっくりと多方面のご了解を得るまで、拙速《せっそく》は避けて、必要な時間をかけたいと思っております」

文字通りの「時間稼ぎ」だ。それでも、「改善する」との言質《げんち》を取った気になった報道陣は満足してしまい、都知事への風当たりは弱くなった。だがしかし、一社だけは果敢《かかん》に突っ込んできた。

「それで、都知事を誑かした五井地所は、今後もこの事業を担《にな》うのでしょうか？　都知事を騙すという行為は世間一般、常識的に考えて許されない背信行為であると考えますが、そんな違法行為をする五井地所を、問題企業として交代させる意思はありますか？」

その質問に都知事は一瞬、小馬鹿にしたような笑みを浮かべたが、すぐに表情を消した。

「なにか勘違いなさっているようですが、さきほども申し上げましたように、これは都が主体となって行う事業ではございません。あくまで民間ベースのものです。都としては法令違反がないか、ないしは、都に提出されて認可された建設計画の通りに実行されているかを確認するのみでございます。企業を交代させる権限は都にはございません」

そう言ったが質問者が納得していないことを察知した都知事はすぐに付け足した。

「さらに、五井地所の担当者、馬場崎氏が社内でどう処分されるのかも、都の権限外のことですので、なにも申し上げられません。ただ、ただですね」

ここがキモだとばかりに三池都知事は強調した。

「再開発に伴う樹木の移植、そして老木を伐採した埋め合わせの植樹については、大神宮の森を造営したときの精神に立ち返って、広く都民の浄財を、クラウドファンディングの形で募りたいと考えております。移植したり植樹した木にあなたの名前をつけますよと。そしてその木は何十年何百年も残りますよと。いい考えだと思いません？」

一口千円で、と新たなクラウドファンディングをぶち上げた都知事はにこやかに、花のような笑顔を振りまいた。

「当該クラウドファンディングにつきましても、五井地所に責任を持ってやらせます。よろしいでしょうか？」

　取材者から、それ以上のツッコミはなかった。

「ま、とりあえずこれでなんとかなったわね」

　都知事室に戻った一同は、馬場崎以外は笑顔になった。だが悪役を一身に引き受けさせられ、いわば一番の被害者とも言える馬場崎の顔色は悪いままだ。

「馬場崎くん、あなた、よくやってくれたわ。非難を一身に背負う覚悟は、あなたの上司も必ず評価するはずよ」

　都知事は馬場崎を褒めて握手を求め、肩を叩いた。しかし馬場崎の身体はまだ小刻みに震えている。

「大丈夫よ！　あなたを悪いようにはしないから！　あら？　信じてないようね」

　華やかな笑顔の都知事だが、馬場崎の表情は硬いままで、震えは止まらない。

「判った。今からオタクの社長に電話してあげる」

　都知事は秘書に合図して電話を入れさせ、相手が出ると都知事が代わった。

「ああ、社長。三池でございます。いつも大変お世話に……ええ、ええ、オタクの馬場崎クン、大変よくやってくれました。心から感謝しております。彼はいわば功労者ですから、社内的にも決して悪いようにはしないように……ええ」

都知事は馬場崎をちらり、と見て頷いた。

「それは、正式な辞令を出して貰えるのですよね？」

都知事は念を押して、「御配慮、どうも痛み入ります」といって通話を切り、馬場崎に向き合った。

「馬場崎クン。あなたはこの件からは外れて貰って、人事部付きになるんですって。一カ月後には人事異動で五井地所ヨーロッパに出向して、ロンドン本社の、プロジェクト事業部次長に昇格よ！」

突然の話に馬場崎は固まったが、彼の肩をポンと叩いて「よかったじゃないか！」と言ったのは涌井だった。

「聞くところによると、ロンドンから本社に戻れば、すぐに中枢の階段を駆け上がって、幹部候補生になるそうだ」

これぞ所謂《いわゆる》三方一両得、いや、三方よしだ、と涌井は満面の笑みを浮かべてみせた。

「まあ、出来レースとはいえ、うまくいきましたね、都知事」

たとえて言えば、かの秀吉《ひでよし》が家康《いえやす》に『関白殿下《かんぱくでんか》の陣羽織《じんばおり》を戴《いただ》きたい』と猿芝居《さるしばい》を打たせたようなものですが、と涌井は言い、都知事に向かってニヤリと笑ってみせた。

「いやあ、ここで馬場崎クンがイヤだと言ったらどうしようかと思いましたよ」

「その時は涌井くん、あなたが謝るのよ。当然でしょ。土下座するのよ」

都知事は平然と言い放った。

「ボスの代わりに責任を取るのが部下の役目でしょう?」

まさかの都知事の言葉に、涌井の表情に動揺が見えた。

「あら、あたくしの代わりに謝るのがもしかしてあなた、イヤだって言うの?」

都知事室に、緊張した空気が流れた。涌井の顔に一瞬だけ「イヤに決まってるだろう」という不遜《ふそん》な表情が浮かんだからだ。

しかし涌井は次の瞬間、その場に平伏して、都知事に向かって土下座した。

「いや、仰《おっしゃ》るとおり!　まことに殿下、いえ閣下《かっか》の仰せの通りでござりまする!」

涌井はワザとふざけて時代劇の口調で応じ、それがオチを付けた形になった。

「あら。東京都知事は天皇の認証官ではないから、閣下ではないのよ」

都知事は苦笑したが悪い気はしていないようだ。

「ほんとうに涌井くんは如才《じょさい》ないわね。まあ、そういうことで馬場崎クン」

都知事は責任をすべて擦《なす》り付けた馬場崎に艶《あで》やかに微笑んだ。

「あなたにはこの件から外れて貰うことになったけど、申し送りはきちんとしてね。ロンドンで頑張《がんば》ってきてください。では、この件は終わりにしましょう」

「いえ、お言葉ですが都知事、これで終わりには出来ません。事業開始が遅れると、借り入れた建設資金そのほかの利払いが嵩《かさ》んで、事業全体の収益が悪化します」

幕を引こうとした都知事を、涌井が止めた。

「そうなると都が五井地所に損害を与えることになりかねませんので、五井地所や大神宮側と協議して、タイムリミットを設定する必要があります」

「だけど、そんなに早く計画の練り直しは出来ないでしょう?」

「やれます。要は、新築するショッピングセンターなどが、今のままの設計で建てられればいいのです。実際は計画自体に大きな変更はない。しかし、表向きには大きな変更がなされたと、一般人が感じるようにすればいいだけのハナシです」

涌井の言葉に唖然《あぜん》とする一同だったが、都知事だけは彼の真意に気づいて小さく頷いた。それに力を得て涌井は説明を続けた。

「そもそも今からビルの設計を変更するとした場合、いろんな意見が出てまとめるのに時間的なロスが大きすぎます。建物の配置についてもそうです。反対運動のメインは、樹木の本数が減ること、それと樹齢百年など長寿の樹木の伐採を阻止するというものです。ならば、移植先の密度を増やして本数自体は減らさないようにするとか、広場の移植エリアを少しばかり広げるとか、そういうところで帳尻《ちょうじり》を合わせればいいのです。違いますか?」

「でも、見取り図などが代わり映えしなかったら、批判は止まないでしょう?」

「見取り図とかパースとかは、絵ですよね? CGですよね? だったらこちらの思い通りに描けるじゃありませんか。緑をやたらに強調したり、逆に建物は小さめに描くとか……そうだ。建物の外観の一部に木を取り入れましょう。そういう小手先のデザイン変更が効果絶大ですよ！」

涌井は、都知事室のモニターに現行の見取り図を表示させると、画像編集ソフトを巧みに使いこなして切り貼りした森を足したり、ショッピングセンターの外壁を緑に塗ったりし始めた。

すると……驚くべきことに、たったその程度でも、見た目の印象はかなり変わってきた。

「数字的にも、移植する木の本数を増やせば反対派は黙ります。いやいや御心配なく。移植先の土地の面積は今のままでいいのです。植える密度を上げるのです。それで本数を確保した、と数字を出せば、大方は納得するでしょう。植えすぎて木が枯れたら？　そんなのは知ったことではありません。まずはデザインの見た目、そして帳尻の合った数字を用意さえすれば、マスコミや世論なんて、チョロいもんです」

涌井の自信満々な表情と口調に、一同は安堵《あんど》の笑みを浮かべた。

「それに都知事。会見でクラファンのアイディアをぶち上げた劇的効果も相当なものだと思いました。さすがだと感服いたしました」

「あらあら、おぬしもワルよのう、って言ってあげればいいのかしら？」

都知事も顔を綻ばせて、親しげに涌井の胸を拳骨《げんこつ》で軽く押した。

しかし馬場崎だけは無表情のまま、知事に軽く一礼すると無言で都知事室を出た。

悶々《もんもん》とした顔で廊下を歩き、エレベーターの前に立ったとき、後ろから来た都知事秘書の太刀川に肩を叩かれた。

「どうしました馬場崎さん？　怖ろしい顔ですよ」

秘書にそう言われた馬場崎は笑って誤魔化そうとしたが、顔が引《ひ》き攣《つ》って笑えない。

「お気持ち、拝察します。社命でやったことなのに、都知事も了解してやったことなのに、自分だけが責めを負って、割り切れないんですよね？」

秘書にずばり指摘された馬場崎は、思わず頷いた。

「今日、これからのニュースで、馬場崎さんが謝罪する姿が繰り返し流れるでしょうし、明日の朝刊にも写真が出る。ネットに貼られた写真も拡散する。そして、いつまでもいつまでも、なにかというとまた貼られて、デジタル・タトゥーのように一生、つきまとう。それを考えると、どうしても割り切れない、違いますか？」

秘書は馬場崎の気持ちを代弁した。

「しかしこれはね、都知事の発案ではないのですよ。すべて、あの涌井が仕組んだことです。涌井は都知事の親戚と繋がりがあるので、私としてもどうにも出来ません」

そう言って、秘書は馬場崎を見つめた。

「まあ、そんなことを私が言っても、馬場崎さんは信用出来ませんよね。まことに、都庁は伏魔殿《ふくまでん》ですからね」

エレベーターが来て、ドアが開いた。秘書は馬場崎を見送りに来たのかと思ったら、ケージに一緒に乗り込んできた。

＊

「例の件、上からゴーサインが出た」

朝、オフィスに出勤した私を待ち受けていた津島さんが、いきなり言った。昨夜、国重からの取引の提案（というか殆《ほとん》ど強要）を電話で報告したら、これは重要事項だから上に掛け合うという返事だったのだ。

「とにかく塚原補佐官を見つけることが最優先だから、国重の提案を受け入れる。国重と連絡を取って、どの場所の監視カメラの映像が欲しいのか訊いてくれ。その映像が用意出来たら、交換で塚原補佐官の居所を教える条件だよな？」

ハイ、と私は答えた。

「そこで、だ。こっちもガキの使いじゃあるまいし、国重と警視庁の伝令に徹するのも悔しいじゃないか。国重が追っている人物とは誰なのか、何をしているのか、調べたくはないか？」

「たしか国重は、財政破綻寸前の中国地方政府高官と接触している、ある日本人の足取りを追っていると言ってました。その人物を特定すれば、彼らの真のターゲットである、地方政府の汚職官僚が誰であるかも炙《あぶ》り出せると」

疲れた顔の津島さんはニヤリとして頷いた。

「こっちもそいつが誰かを突き止めておけば、いつか切り札として使えそうじゃないか？」

たしかに、国重が追っている二人の人物は、キーパーソンだろう。だがしかし……。

「国重は慎重な男です。そんな男が、いくら急を要するからといって、中国にとって国家機密ともいうべき重要事項を、正直に私たちに知らせるでしょうか？」

「そりゃあ、そうだなあ」

私が抱いた疑問に等々力さんが相槌《あいづち》を打った。

「監視カメラの映像が欲しいと言ったことを含めて、我々にとってトラップである可能性がありますな」

「じゃあ、塚原補佐官の居場所を教えられても、それは虚偽である可能性があるということですか？」

石川さんも話に入ってきた。

「だとすると、監視カメラの映像を渡したこちらの負けじゃないですか」

「いやいや、最初からそう決めつけたら取引が成立しない。上としては、最悪、こちらの情報は取られっぱなしでもいいと判断した。塚原補佐官の身を安全に確保さえ出来れば、どんな手でも使うということだ。そもそも監視カメラの映像を渡したからって、日本側が著《いちじる》しく不利になることはあるまい？」

疑心暗鬼になりかけた私たちを、津島さんが抑えにかかった。

「それに、その中国側の高官が本当に汚職に手を染めていた場合、その人物はおそらく光の速さで失脚する。中国側にとって惜《お》しい人物ではまったくないんだ。従って我々が国重の提案を疑う理由はないと思うがね」

国重が虚偽を言って我々を振り回すことに意味はない、と津島さんは言った。

「我々との関係を悪化させて、いいことはないだろう」

「私もそう思いますよ」

御手洗室長がマグカップ片手にドアに凭《もた》れて、言った。室長の顔にも疲労の色が濃い。

「この取引に、乗って損はないでしょう。というか、塚原補佐官の居場所について、警察は何ひとつ摑めていなくてお手上げなのですよ。正直言って、誘拐犯からの身代金要求の連絡を待ってるような状態です。塚原補佐官の消息についての情報は、どんなものであれ、喉から手が出るほど欲しいんです」

その割には緊張したムードが欠けているが、室長も津島さんも帰宅することなく、徹夜で情報収集をし、関係各所と連絡を取り合っていたらしい。オフィスのドア外には店屋物《てんやもの》の丼があり、ゴミ箱にはケータリングの容器が突っ込んである。なによりお二方の言葉の端々から疲労が溜まっていることがひしひしと伝わってくる。

「そうだ。室長のおっしゃる通りだ。この取引、我々が損をする点はないんだし」

「判りました」

裏官房の決定を受けた私は国重に連絡し、どの場所の監視カメラの映像が欲しいのかを確認した。

「今月十八日、二十三時から二十四時の、港区赤坂《みなとくあかさか》、一ツ木《ひとつぎ》公園付近の防犯カメラの映像が欲しいとのことです」

「ええと、その周辺の防犯カメラは……警察や港区が管理しているものやビルが管理しているものを合わせると、ざっと判っただけで二十台ほどありますね」

石川さんがパソコンの検索画面を見ながら素早く調べ、それを聞いた津島さんはすぐに電話を取った。

「津島です。防犯カメラの映像の件ですがね、港区赤坂一ツ木公園周辺のものを……」

津島さんは警察に映像データの集約を頼んだ。

「十三時には集められるそうだ。赤坂署で見られる」

私はそれを国重に伝えた。

「国重さん、確認しておくけど映像を見て、目的の人物が映っていなかった場合でも、補佐官の居所は教えてくれるんでしょうね？　映っていたのにウソをつくとかは絶対ダメですよ。これは信頼関係あっての取引なんですからね！」

『判ってますから』

電話の向こうの国重はハッキリと答えた。

『私が今まで、あなた方の期待を裏切ったことがありますか？』

室長を除く私たちは、赤坂署前で国重と待ち合わせて、署内の会議室に通された。そこにはノートパソコンが五台並んでいて、その横に二十枚のＤＶＤが積まれている。

これから映像をチェックしなければならないが、映っている人物を識別出来るのは国重だけだ。

「安心してください。監視カメラ二十台分、各一時間の映像全部をじっくり観ていく必要はないです。監視カメラの『人物特定機能』を使えば、効率的に人物を認証出来ます」

赤坂署の係員はそう言った。

「探している人物の顔写真はありますか？」

係員は国重を見た。しばし考えた彼は、「あります」と答えて、スマホに入っている二人の人物の顔写真を表示させた。

一人は、いかにも銀行マンのように見える、髪を七三に分けて黒ブチメガネをかけた、三十代後半といった感じの男。もう一人は溢れんばかりの黒髪をオールバックにした、小太りの男で、狡猾《こうかつ》そうな目つきが印象的だ。年齢は五十代といったところか。

「これを人物特定ソフトに記憶させます。作業の後で削除すれば、この二人のデータは消去されます」

係員はそう言ったが、私は知っている。この二名の顔写真は、警察のデータベースに記録されて、あとあと活用されるのだ。それは国重も承知の上のことだろう。

実際、一人目の顔写真を登録すると、ピンと音がして「みのり銀行専務取締役大沢基次《おおさわもとつぐ》付秘書、内田啓介《うちだけいすけ》」との個人情報が表示された。しかし、もう一人についての身元は確認出来なかった。

「システム側が表示させないようにしているのかもな」

等々力さんが私に耳打ちし、係員が言った。

「では、自動で検索を始めます」

人物特定ソフトはそれぞれのパソコンに入っているのではなく、サーバーにあって、各パソコンは端末として機能するらしい。詳しい事は判らない。

五台のパソコンにそれぞれ四枚のＤＶＤを検索させてゆく。それに要する時間が約十分。やがて一号機で一枚目、二号機では三枚目、三号機では二枚目、とそれぞれ警告音が鳴って特定したい人物の顔に四角の印がついた。

「たしかにこの人物は、内田という、みのり銀行の行員ですね」

国重を含む全員で顔を照合して確認した。

その人物の動きを、一ツ木公園付近の地図上でプロットしていく。

この公園は、急な坂として知られる三分坂《さんぷんざか》の坂道を上がるルートと、階段をかなり上がって登り切ったルートが合流する、終点の高台にある。都営アパートやＴＢＳのビルに囲まれていて、ジャングルジムなどの遊具があり、斜面にはケヤキの大木が生い茂っている。

映像に写った二人の人物は、それぞれ別の車で坂を登って公園に接近し、公園内のトイレを目印にして待ち合わせていた。紙袋を受け渡すと、すぐに別れて公園から出て、乗ってきた車で別々に去って行った。

「こういう場合は現金が一番ですな。振り込みを使うと証拠が残ってしまう」

等々力さんが、誰でも思いつきそうなコメントをした。

「時間は二十三時十五分。二台の車は同じ道を使って三分坂を下り、その先で左右に分かれました。車のナンバーも特定出来そうですが」

赤坂署の係員は津島さんに判断を仰《あお》いだが、国重がそれは不要だと手を横に振った。

「ナンバーの特定までは必要ないのですか。ということは、これでこちらの情報提供は終了ということでいいですかな？」

津島さんが国重に念を押した。

紙袋らしきものを手渡したのが、「みのり銀行専務取締役大沢基次付秘書、内田啓介」で、受けとった方が、たぶん、中国の地方政府の要人かその代理の人物なのだろう。その人物は全身が写っていたが、暗くてよく判らない。

二十台のカメラのうち、十台に二人の姿や、彼らが乗ってきた車が写っていた。

「それでは、データをこちらに貰えますか？」

津島さんは黙って頷いて、カメラ十台分のデータの入ったＤＶＤを国重に渡した。

「我々は、この件についてはなにも聞かない。内田という人物についても、叩けばいろいろ出て来そうだが、それも問わないことにする」

そう言う津島さんに、国重はありがとうございます、と小さく頭を下げた。

「では」と言った津島さんが国重の前に事務椅子を移動させて、座り込んだ。

「見返りに、そちらからの情報提供を受けましょうか」

「いいでしょう」

国重は自分のスマホの画面に、ある画像を表示させた。一見して掘っ立て小屋にしか見えない。トタン張りの換気扇《かんきせん》と扉だけがある、押せば倒れそうな、誰か大工ではない素人が廃材を使って建てたようなシロモノだ。

「ここです。掘っ立て小屋というかバラックのようですが、これでも新宿歌舞伎町《かぶき》の外れにある、れっきとした飲食店です」

「どう見てもボロボロの物置にしか見えないんだが」

　等々力さんが率直《そっちょく》な感想を口にした。

「いいえ。これでも中は飲食店です。カウンターとテーブル席があります。お酒がメインですが簡単な料理も出します」

　国重の説明に、津島さんがおい、舐めるんじゃない、という表情になった。

「馬鹿馬鹿しい。こんな狭い店の、しかも営業中だという店に、補佐官をどうやって監禁してるというんだ！」

「店は現在、休業中です。ご心配なく。中にはトイレもあるし冷暖房完備なので、監禁場所としての要件は満たしていますよ」

　国重は平然と答えた。

「本当に、ここにいるんだろうね？」

　津島さんが念を押した。

「住所は？」

「新宿区歌舞伎町一丁目……」

国重はスマホのマップを指で拡大して見せた。

「歌舞伎町の、ゴールデン街の手前に当たる場所です」

「判った。今からすぐに向かおう」

私たちが立ち上がって出ていこうとすると、国重も当然のようについてきた。

「同行します。私がいないと、いろいろ通じないこともあるかもしれません」

「おい……ってことは、補佐官を誘拐したのはアンタらの一味か？」

等々力さんが詰め寄ったが、国重は涼しい顔だ。

「いいえ。私、および中国共産党はこの件には一切関与していません。しかし、中国人の犯罪集団、いえ、もっとはっきり言えば、ドラゴン系の連中が関わっている場合、中国人である私がいたほうが、いろいろ話が通りやすいでしょう？」

行きましょう、と国重が先頭に立ったので、私たちもそれに付いていく形になった。

＊

その界隈は、歌舞伎町でもとりわけ物騒な一角だった。傷害事件が起きたキャバレーに、暴力団の事務所が多数入居するマンション、飛び降り自殺者が続出するビルまでが集まっている。錯綜《さくそう》した路地の一部は公道ですらない。警察も令状がなければ逮捕状執行などの公務が出来ないとされる私道が走っている。

慎重に作戦を検討して準備するうちに、夜のとばりが降りてしまった。街には明かりが灯り始めている。

私たちは九人乗りの大型ワゴン車を借り出していた。目的地の近くの「新宿区役所通り交差点」そばの「文化センター通り」に路上駐車する。もちろん新宿署には連絡済みで、路駐で切符を切られないようにしてある。塚原補佐官を発見して保護したあとは、そのまま万全を期して病院に向かう手筈だ。

メンバーは、私、石川さん、等々力さん、そして国重だ。津島さんは室長とともにオフィスで待機しつつ、警察や政府との連絡にあたる。現場にあんまり大勢いても邪魔になるだけなので、これでいい。

「おれは車に残って津島さんとの連絡に当たる。警察にレッカー移動されないようにしないといけないし」

と、現場に来て等々力さんが急に尻込みした。

「何を言ってるんですか！　新宿署には連絡済みだからレッカー移動はないですよ！」

石川さんは呆れている。

「まあ、いいじゃないですか。等々力さんは置いていきましょう。国重さんがいるから、現場で中国人の悪いヤツと鉢合わせしてもコトバは通じるし、あんまりヒトが多いのも」

私は庇ったつもりだが、等々力さんには皮肉のように聞こえてしまったらしい。

「どうせそうだよな。おれみたいな鈍《にぶ》いオッサンがいると足手まといだしね」

否定は出来ない。等々力さんはたぶん、いや確実に足手まといになる。怖がっているから余計に動きが鈍くなって判断をミスり、状況を悪化させてしまうかもしれない。石川さんは若いから走って逃げられるだろうが。

私たち三人は車を降りて、「現場」に向かった。新宿区役所にほど近い繁華街。見た目は歌舞伎町の、ほかの飲み屋街とまったく変わらない。何にも知らなければ、歌舞伎町でもちょっと危険な香りがする飲み屋街としか思わないだろう。実際、目に見える佇《たたず》まいとしてはスナックが並んでいるだけなのだから。

少し狭い路地を歩き、角を曲がると……。

問題の建物が出現した。

普通の雑居ビルにへばりつくように建っている、例のバラックというか、掘っ立て小屋。

錆《さ》びた波形トタンはところどころ穴が開き、窓すらない。ドアは合板で、表面が反《そ》り返って下のほうが剝《む》けている。かろうじて換気扇は回っているが、それ以外に「生きている」感じがまったくない異様さ。物置小屋だとしても、この荒廃ぶりでは十年以上放置されているようにしか見えない。

隣のビルも店が潰れてしまったのか一階にはシャッターが降りていて、怪しさ炸裂の雰囲気だ。

「本当に、ここなの？」

訊かずにはいられなかったが国重は黙って頷いた。

私たちが近づくと、どこからともなく一人二人三人と人が出てきた。今まで気配すらなかったのに、突然、人が湧いてきたように通りに現れたのだ。崩れた服装は日本人のチンピラにも見えるが、感じが少し違っている。サイドを刈り上げた髪型。面長《おもなが》の顔。なめらかな皮膚に長身。とりわけ目付きの鋭さと、表情の険しさが日本人とはレベルが違う。

「你来干什么？」

いきなり声を掛けられた。たぶん中国語だ。しかし私や石川さんは中国語が判らない。

国重は黙っている。

「你要去哪里？」

重ねて質問が飛んできた。

たぶん、何しに来た、どこに行く？　と訊いているのだろう。

だが国重はそれには答えずに、例の掘っ立て小屋にツカツカと歩み寄って、ドアを開けようとした。その瞬間。

「等待！」

と言いながら、全員がドア前に詰め寄り、国重の行く手を阻《はば》んだ。

「你们挡道了！　打败它！」

国重が叫んで目の前に立つ男を押しのけようとした。

それが合図になった。

おそらく「ドラゴン」たちなのだろう。彼らがいっせいに国重に襲いかかったが、国重もスイッチが入ったように、目にもとまらぬ速さで応戦を開始した。相手かまわず突きを入れ、蹴り、投げ飛ばしていく。そして、私に向かって叫んだ！

「何をしてるんですか！　あなた方は中に入ってください！」

コイツらはオレが片付けるからその間に補佐官を救い出せ、ということか。

「判った。石川さん、あなたは補佐官を連れて逃げて。やつらは私が食い止めるから」

「レイさんがしんがりを務めるって事ですね！　了解！」

私と石川さんは素早く打ち合わせると、バラックの扉に駆け寄った。そこにドラゴンの一味が襲いかかってきた。

私のカラダが勝手に動く。陸自特殊部隊での地獄の特訓は無駄ではない。身体が自然に動きを覚えていて、何も考えずに手足が動いて、バタバタと相手が倒れていく。

視界の中に敵が入った瞬間に、自然に手が出て足も出る。相手の顔に手刀を入れた次の瞬間、相手が口や鼻から血を噴き出して倒れる。背後から接近する気配を感じれば肘打《ひじう》ち、あるいは後ろ回し蹴りを繰り出して倒していく。敵が私の足を摑んでも、摑まれた足を強引に持ち上げてそのまま顔を蹴る。鳩尾《みぞおち》や股間《こかん》といった急所は、もちろん最優先で狙う。ヒョイと体《たい》をかわして敵同士を正面衝突させる技も、面白いように決まった。カンフー映画のギャグも同然だ。あるいは敵同士の髪の毛を摑んで顔を激突させたり、逃げようとした敵に跳び蹴りを食らわせたり……思う存分バイオレンスを爆発させた私は、気がつくとストレスも雲散霧消《うんさんむしょう》させていた。

視界の隅で国重が一瞬満足そうに笑うのが見えた。「そうこなくちゃ」という笑みだ。

一方、格闘技とはまったく無縁の秀才・石川さんは、暴力の真っ只中に放り込まれて呆然としている。

「ちょっと！　何してるんですか！　早く！」

私が叫んで我に返った石川さんは、バラックのドアを開けようとした。しかし鍵がかかっているのか建て付けが悪いのか、なかなか開かない。

「ええい面倒だ！」

石川さんもこの現場の空気に感化されたのか、ドアに渾身《こんしん》のヤクザキックをかました。ベニヤのドアは蝶番《ちょうつがい》が外れ、あっけなく開いた。

だが、中にも刃物を持ったドラゴンたちが待ち構えていた。薄暗いからよく判らないが、三人はいる。

先手必勝。私は反射的にバラックの中に飛び込んでいた。刃物を持った男の腕を渾身の力で打撃して無力化、もう一人の顎には肘打ちを入れて失神させ、三人目の胸に蹴りを入れた。感触からしてあばらを数本は折った感じだ。全員を床でのたうち回らせるまでに、数秒とはかからなかった。

店の中はひどく狭い。そして暑い。非常灯のような薄暗い明かりしか点いていない。カウンターの向こうの棚に酒瓶が並んでいる。だがカウンターの前にスツールはなく、奥に向かうただの通路になっている。そして店の奥には、テーブルを並べて簡易ベッドにしたような場所があり……その上で膨らんだ寝袋が、裸電球の明かりに照らされていた。

たぶん、あの中に補佐官がいるはずだ！

店の奥めがけてジリジリと進んでいくと……。

突然、カウンターの中から気勢を上げつつ青竜刀《せいりゅうとう》……いや、それよりはかなり小さい柳葉刀《りゅうようとう》を振りかぶった男が現れて、アクション映画のようにカウンターの上に飛び乗った。

一瞬、ここで銃器があれば一発で……と思ったのだが、そこに「レイさん！　これを！」と石川さんが叫んで、シャッターを下ろすフックがついた鉄の棒を投げてきた。受け取った私はすかさず柳葉刀の男に応戦した。

反射的に柳葉刀を前に出して身を守ろうとする男。

火花が散って……男自慢の柳葉刀はあっけなくポッキリと折れてしまった。

すると男は、カウンターの中に戻って酒瓶を投げつけてきた。だがそんなものは脅威にはならない。叩き落とせばいいだけだ。コンクリートの床に落ちて砕けた酒瓶からは強いアルコール成分が立ち上がって、狭い店内はとんでもない刺激臭で一杯になった。お酒に弱い人なら、これだけで酔ってしまうだろう。

だが私は酒に強いのだ。

ついに投げる酒瓶がなくなり、男はアイスピックやフルーツナイフ、フォーク、箸などを手当たり次第に投げつけてきた。アイスピックやフォークが私の背後の壁に突き刺さった。引き抜いて投げ返すと、アイスピックが腕に刺さった男は「好痛！」と叫び、そのままカウンターから寝袋に近づき、腕から引き抜いたアイスピックを、寝袋に刺そうとした。

その時。

私の背後からコーラの瓶が宙を飛び、男の額に激突した。昔のコーラの瓶は分厚くて固くて簡単には割れない。投げたのは国重だ。

が、さすがにドラゴンの一味。一発では倒れない。

「什么、就这样结束了吗？」

と叫んだ男は国重に向かってアイスピックを振りかぶった。

「我不在乎这家伙是否死了！」

国重が、今度は壁に刺さったフルーツナイフを、男に投げた。

狙いあやまたず、見事に眉間に命中するフルーツナイフ。

男は半笑いの表情のまま、倒れた。闘牛の牛か！

「大丈夫！　この男はこっちでなんとかする！」

国重が叫んだ。

私と石川さんは店内の奥に進み、寝袋に近づいた。

完全にジッパーが閉まっている。まさかとは思うが塚原補佐官は酸欠になっていないか？　いや、もしかして補佐官の替え玉が……。

いろんな事を思いながらジッパーを下げると……。

そこにあったのは、クマのぬいぐるみではないか！

「嘘つき！」

愕然《がくぜん》とした私は思わず国重に叫んだ。しかし彼は冷静だった。

「想定内です。こういう事態ですんなり事が運ぶと思う方が甘い」

それはいい。では、塚原補佐官はどこにいる？

ここにいても仕方がないので、私たちは店の外に出ようとした。

「待て」

だがそこで国重に止められた。外にはドラゴンの連中が集まっている。すんなり出られるわけがない。

「仮に、ここに補佐官がいたとして、どうやって脱出するつもりでした？」

私を試すように国重が訊いてきた。

「どうやってって、力ずくで突破するしかないでしょう」

私と国重が非力な石川さんをガードする形で、一気に店の外に出た。

が、一斉に襲いかかられるわけではなかった。

さっき、私と国重が倒したドラゴンたちが回復してこちらを睨んでいるが、店を取り囲んで立っている彼らの先頭には、やたら目立つ女が仁王立ちしていた。深紅《しんく》の革のジャンプスーツに先の尖ったブーツ。胸元のジッパーは降ろされていて双丘《そうきゅう》の谷間が見えている。艶やかな黒髪はショートのボブ、切れ長の目は怒りを湛《たた》えている。鼻筋が通った美女だ。年齢は不詳だが、長い手足のスリムな体型は、明らかに鍛え抜かれた感じだ。

「中で一人倒れてる。手当てしてやれ。眉間にナイフが刺さっているが深手ではない」

国重は女に言った。その感じは初対面ではないようだ。なにか因縁のある相手なのか？

「何の用？　あんたは日本支部なんでしょ？　あたしたちを監視してるの？」

女の声は甲高《かんだか》く、突き刺さるようだ。

この界隈は普通の飲み屋街のはずだが、客の姿はない。さっきの大乱闘で普通の客は怖《おそ》気《け》をふるって逃げ出したのかもしれない。今、この狭い通りにいるのは、私たちの他にはドラゴンの連中だけだ。

「もう用はない。探している人物がいなかったので、帰る。道を空けろ」

命令するように国重が言ったが、女はせせら笑った。

「黙って道を空けて帰すと思ってるの？　言いなりにはならない。たとえあんたが中国警察の手先でも」

「おれは違う。あんな連中と一緒にしないでくれ」

国重は一歩前に進み、真っ赤なジャンプスーツの女を押しのけようとした。

女が身体《からだ》を捻《ひね》り片脚を上げて、国重の後頭部に回し蹴りを決めようとした、まさにその寸前、国重はひょいと頭を下げ、同時に女の足首をキャッチして、ぐいと捻った。

足を捻られた女は倒れるかと思ったが、自分から身体を回転させて国重と一緒に道路に倒れ込んだ。ねじれを解消すると同時に国重の腕を捻る。国重がその腕をねじり返すと、今度はまた女が身体を回転させねじれを解消する。「寝技」の応酬だ。

やがて両者は同時に手を離して立ち上がると、カンフーの対決のような構えを取った。対峙《たいじ》して睨み合い、お互いに膝蹴《ひざげ》りを繰り出すのだが、寸前に相手が身を引くので、どちらも決定的なインパクトを与えられない。

それでも国重が果敢に攻め込んで女を抱え上げると、女は反動を付けてまたもや寝技に持ち込んだ。

こうなると私もぼうっと見ているわけにはいかない。いや、ぼうっと見ていたのではない。一連の動きが速すぎてまったく手が出せなかったのだ。

なんとかして国重に加勢しなければ。

私は女に飛びかかって右腕を捩《ね》じ上げ、足を絡《から》ませて、レスリングでいうホールドの体勢に持ち込んだ。

しかし女は恐るべき身体のバネの力を持っていた。足も腕も一瞬で振りほどくと、ゴロゴロと転がって私や国重から離れた。

「現在！」

と女が叫ぶと、あろうことか、上から網が落ちてきた。道を挟んで向かい合うビルの屋上にいた連中の仕業だ。

ビルの両側から張られた網がそのまま落ちてきて、私と国重に被さった。まずい。ここで搦《から》め取られるわけにはいかない。だが暴れれば暴れるほど網は絡まってきて、私たちは身動きが取れなくなってしまった。

次の瞬間、ドラゴンの一味が、離れたところで立ちすくんでいた石川さんを取り囲んで刃物を突きつけた。

女がドラゴンたちに命じた。

「ここでいつまでも遊んでられない。商売の邪魔ね。帯着这些家伙！」

気がつくと私と国重、そして石川さんは囚《とら》われの身になっていた。

バラックの隣のビルの一階に下りていたシャッターが上げられると、そこには大型のワゴン車があった。空き店舗だとばかり思っていたら、車庫だったのだ。

手荒くワゴン車に詰め込まれた私たちのうしろで勢いよくドアが閉じられた。

国重と絡み合ったまま網の中にいた私は、首に力を入れ頭を上げて車内の様子を見た。どうやら私と国重は網をかけられたまま、シートを倒したスペースに転がされている。石川さんはその前のシートにドラゴンに挟まれて座っている。

「現在、走吧！」

運転席にはすでに男が居てハンドルを握り、エンジンがかかっている。ジャンプスーツの女が助手席に乗り込んだ瞬間、ワゴン車は勢いよく発進した。

狭い道をスピードを上げて通り抜け、大きな通りに出た。たぶん区役所通りと交わる文化センター通りだ。横丁から大通りに飛び出して急ハンドルで左折したので、後続車から激しいクラクションが鳴らされた。

この近くに、私たちのワゴン車が路駐していたはずだ。車には等々力さんが残っているはずだが……あの人のことだから、あまり、いや絶対アテにはならない……。

私たちを乗せたワゴン車はスピードを上げ、クラクションをけたたましく鳴らしながら割り込みを繰り返しつつ爆走している。

車が激しく左へ右へと揺れるので、私たちも網にくるまったままゴロゴロと転がった。

等々力さんは、やっぱり助けを呼んではくれないのか……そう思って諦《あきら》めかけたとき。

ププププープープープープププ、と後続車がクラクションを鳴らした。それも二度。

これは……SOSのモールス信号だ！　ということは……？

首を上げて後ろを見ると、私たちが乗ってきたワゴン車がしっかり追尾していた。

もちろん、必死の形相《ぎょうそう》でハンドルを握っているのは等々力さんだ。

やるじゃん！　等々力さん！

第四章　再開発の裏に外国のカゲ？

私たちが乗せられたワゴン車はスピードを上げた。たぶん、青梅《おうめ》街道を走っている。首都高の高架が無いし、沿道にMのマークが付いた地下駅の入口が見える。甲州《こうしゅう》街道なら地下を京王《けいおう》線か都営線が走っている。マークはKかイチョウだろう。

等々力さんの車が追尾しているのを、このワゴン車に乗ってる連中は判っているのだろうか？　悪党なら追いつ追われつの経験は豊富だろうから、たぶん気づいているはずだ。

と、思った瞬間。車は急ハンドルで左折した。網の中の私と国重は車内の右サイドに激しく打ちつけられ、思わず「何するのよ！」「やめろ！」と運転手に罵声《ばせい》を浴びせた。

車は急ハンドルに急ブレーキと急加速を繰り返し、クラクションを鳴らしっぱなしで爆走した。こんな運転をしていたら悪目立ちしてパトカーや白バイに追跡されるのは必至だろうに……たぶん狭い裏道を走っているので、歩行者や自転車、バイクや対向車などについては避けまくっているのだろう。

これなら青梅街道とか甲州街道の幹線を走った方がよくないか？　と彼らの側でつい考

えてしまうほど、こいつの運転はバカすぎた。

しかし、ハンドルを握っている男は大笑いしている。カーチェイスを楽しんでいるのか？　あるいはクスリでもキメているのか？

等々力さんはどう考えているのだろう？　たぶんこの車は、塚原補佐官を監禁している場所に向かっているはずだ。その可能性があるのなら、途中で警察に捕まえさせないで、終点まで走らせるだろう。一方、こっちの運転手としては、行く先を知られたくないから等々力さんの車を撒《ま》きたいはずだ。

この車の運転手は荒っぽい運転をしてはいるが、それなりに腕は確かなようだ。走り慣れている。しかし……等々力さんはこんなカーチェイスには慣れていない。とすると、この乱暴な運転は、不慣れな等々力さんを事故らせるため？

たぶん、いや確実にそうだ。

嗚呼《ああ》、等々力さん、事故らないで！

そう願った瞬間、車は急ハンドルで今度は右折した。左から激しい急ブレーキの音がした、と思ったら、次の瞬間、ガシャン！　と金属と金属がぶつかる衝撃があり、激しく擦れ合うギャギャーッという音がして、ズン！　という衝撃が私たちを襲った。

私が必死に首を伸ばして窓外を見ると……等々力さんの車は左方向から来た車とぶつかって横転して道路を滑り、電柱に激突していた。

運転席のある右側を下にしての横転だ……等々力さん、大丈夫⁉

こちらの運転手は、バックミラーで後方をチラッと見て、またも爆笑した。別の男は後ろを振り向いて、コイツも大笑いしている。

人間のクズどもが！

しかしこれで確実に警察沙汰になった。この車はマークされ、パトカーや白バイに追われるだろう。検問も配備されるはずだ。

それはこっちの運転手も判っているのだろう、さらにスピードを上げて爆走を再開した。

背後からはどーんという爆発音のような音が聞こえ、まばゆい炎がリアウィンドウから射《さ》し込んだ。横転した車から漏れたガソリンに引火して爆発したのだろう。

ただでは起きない等々力さんだが、無事に脱出できただろうか……。

一方、こちらの車は猛スピードで疾走《しっそう》して、何度か交差点の赤信号を無視したようだ。

右から左から、ヘッドライトの光線とクラクションを浴びせられた。

それでも車は走り続けて急ハンドルを繰り返し、やがて周囲が暗くなって何かの建物の中に滑り込んだかな、と思ったところで急停止し、ガラガラとシャッターが閉まる音がした。

私たちはシートの背に激突した。国重が「乱暴だろ！」と怒りの声を上げた。

ワゴン車のスライドドアが開けられると、私たちは網ごと摑まれて、乱暴に車の外に引き摺り出された。

網にくるまったまま、私たちは車からドンと落とされた。長身の国重が上にかぶさっている。クッション代わりにされた私は痛みに歯を食いしばった。

そこは、倉庫だった。かなり広い。片側にはうず高く段ボール箱が積まれ、残り半分のスペースに大型の電気ストーブや机や椅子が配置され、スチールベッドの上には拘束バンドで固定された人間が横たわっている。頭までスッポリ毛布に覆われているので、誰なのか、生きているのか死んでいるのかさえ判らない。この状況で、塚原補佐官以外の誰かという可能性はあるのだろうか？

リーダーらしいジャンプスーツの女は、腕組みをして仁王立ちしていたが、その表情は困惑《こんわく》を隠しきれていない。

「成り行きで連れてきちゃったけど……」

女は私たちを睨んだ。あの混乱の中では、私たちを捕まえたまま、あの場から連れ去るしかなかったのか？

「殺しましょうよ。口封じにはそれしかない」

部下の男が進言した。普通、そう言うだろうなあ……邪魔者は消すのが手っとり早い。

「でも、あの男はどうする？」

女はスチールベッドに横たわる人間を見た。

「あの男はおいそれとは殺せない……というより、殺したら利用価値がなくなる」

「しかし、おれたちにとって利用価値はないでしょ？　だったらあいつを必要とする連中に、とっとと高値で売りつけましょうよ」

「それまでは生かしておくか……殺すと面倒だしな……」

「面倒なことはない。硫酸《りゅうさん》で溶かして下水に流してしまえばいいじゃないですか」

「バカだなお前は。総理大臣補佐官といえば政府の要人中の要人だぞ。それが急に行方不明になったままだから、ほら、こういうしつこい連中がどこまでも追ってくるんだ」

女は私たちをまた睨んだ。

やっぱり、あのスチールベッドの毛布の下には、塚原補佐官が寝かされているのだ。おそらくは……睡眠薬を飲まされたか、注射されたかで眠り続けているのだろう。

その時、国重が私の耳元で囁いた。

「そろそろ網から出る」

え？　と思ったら、国重の手には小さなナイフがあった。所謂《いわゆる》スイス・アーミーナイフだ。この男のことだ。どこかのポケットに常備していたのだろう。

国重はそっと網を切って私に目配せすると、両手で穴を一気に押し広げ、飛び出した。

すぐに私も続いた。

国重は手近のドラゴンから無力化を開始した。おそるべき敏捷《びんしょう》さだ。まるでドラゴンたちが勝手に吹っ飛んだりひっくり返ったりしているようにしか見えない。しかし彼らを蹴り、放り投げ、殴っているのは国重なのだ。

私だって戦闘力で国重に負けてはいない。次々に襲いかかってくるドラゴンの腕を摑んでは脱臼《だっきゅう》させ、手刀を浴びせて骨折させ、爪先《つまさき》で鳩尾《みぞおち》に蹴りを入れ呼吸もままならぬほどのダメージを与え、あるいは飛び上がりざまに顔面に蹴りを入れたりと、たちどころに数人を無力化した。

それを見ていた赤いジャンプスーツの女は、すかさず石川さんを羽交い締めにした。石川さんは後ろ手に縛られている。

「やめな！　これ以上やったら、この男を殺すよ！　首の骨を折る。聞いてたろうけど、死体は硫酸で溶かして流しちゃうよ！」

女は武器が無くても素手で石川さんを殺せる自信があるのだろう。

国重はというと、さすがにその手が止まった。

ドラゴンたちは、自己流の力任せのバイオレンスなのですぐ力尽き、おまけに体幹も急所も鍛えていないから、倒れているか、立っていてもフラフラだ。ワゴン車に乗ってきた連中、それに倉庫にいたドラゴンたちを合わせると総勢二十人ほどだが、私と国重がほとんどを無力化してしまっていた。

だが国重と女は対峙したまま、動かない。お互い、隙が無いので、先に動いた方が負けてしまうのか？

ここで私が突撃すべきだが、女からは恐るべき殺気が出ていて、手が出せない。国重と連携するべきだ、と判ってはいるが、下手に動くと石川さんが殺される。女は、人の命なんか屁《へ》とも思わない、非情な「気」をイヤと言うほど発散している。

私たち三人は、微動だに出来ぬまま、対峙していた。それを見守るドラゴンたちも、立ちこめる殺気に圧倒されて手が出せない。

その時。

私を含めて、ここにいる全員がある「異変」を感じた。全員が、何かの気配を感知したのだ。

シャッターの外に、何かの動きがある。まるで大勢が集結して動いているような……。

武道を嗜《たしな》む者なら、そういう感覚は鋭くなる。ドラゴンたちも自己流とはいえ、身体を張っているのだから、やはり何かを……。

と思った瞬間、まばゆい閃光《せんこう》に目が眩《くら》んだ。そして耳をつんざく爆発音。

シャッターが爆破されたのだ。

続いて何かが投げ込まれ、からからと床を転がる音が聞こえた。それも複数。

すぐに全員が咳《せ》き込み、涙を流して苦しみ始めた。煙幕弾と催涙《さいるい》弾だ。これが最大にして最後のチャンスだと思い定めた私は、石川さんに向かってダッシュした。目が痛いなどとは言っていられない。爆風に乗って飛んできた何かの破片が私の服を切り裂いていたが、そんなこともどうでもいい。

私は石川さんめがけてタックルした。

しかし、どうしたことか、煙が充満して視界がどんどん真っ白になっていく倉庫内から、ジャンプスーツの女の姿は、かき消すようになくなっていた。

「大丈夫ですか？」

私は石川さんに声をかけた。

「申し訳ない」

何故か石川さんは私に謝った。

「何も出来なくて。本当なら僕があの女に一発……」

「それは無理です。あの女は相当な使い手だから……でも、どこへ消えてしまったの？」

「判らない……気がついたら居なくなっていた」

そう話しながら破られた入口を見ると、煙幕の中にドカドカと入ってくる人影があった。

「警察だ！　無駄な抵抗は止めろ！　ここは包囲されている！　全員を逮捕する！」

煙幕が少し晴れると、制服警官の姿が見えてきた。全員ガスマスクをして、警棒を持っている。その後方には銃を構えた警官が並んでいる。

ガスマスクの警官隊は、ドラゴンたちを片っ端から確保しては外に連れ出していく。

完全な不意打ちで、抵抗する暇もない状況だった。

警官に罵声を浴びせるドラゴンたちが、腹立ちまぎれに近くのものを蹴飛ばしたりなどする騒音に混じって、等々力さんの声が聞こえた。

「お〜い、上白河はいるか！　石川は？」

等々力さんは無事だった！

「ここにいます！　二人とも無事です」

私も咳き込みながら叫び返した。

「等々力さんこそ、大丈夫ですか⁉」

私は煙幕の中、等々力さんの声がする方に駆け寄り、等々力さんに思わず抱きついてしまった。自分でも驚くべき行動だったけど。

「おれは、簡単にくたばらないから」

煙幕の中で見えた等々力さんの顔は煤《すす》で汚れて擦《す》り傷もある。

「それより補佐官は？」

「補佐官はたぶん、ベッドの上です！」

大型の送風ファンが持ち込まれて、催涙ガスや煙幕を倉庫の中から排気し始めた。

煙幕が薄くなると、状況が見えてきた。

スチールベッドの周りには、既に白衣を着た医療関係者が立っている。彼らは拘束ベルトを外して毛布をベッドから取り除き、ベッドに横たわっている人物に声をかけつつ脈を取り、目に光を当てて瞳孔《どうこう》を見ている。

「塚原貞次さんですね？」

横たわる人物は掠れた声で「そうだ」と問いかけに答えた。

補佐官はベッド脇のストレッチャーに乗せ替えられて、倉庫から運び出されていった。

私たちも爆破されたシャッターの穴から外に出た。

倉庫の前には、かなりの台数のパトカーが集結している。機動隊のバスもいる。護送車もいて、ドラゴンたちが次々に乗せられている。

だが赤いジャンプスーツの女の姿は、倉庫の外にもなかった。

私は警官隊の誰彼となく訊いて回ったが、誰も女を捕まえておらず、その姿も見ていないと言った。

忽然《こつぜん》と消えてしまったのだ。警官隊が踏み込むのを直前に察知して、逃げたのか？

塚原補佐官は救急搬送されるのか……と思ったら、ドクターヘリが飛来して、ストレッチャーごと吊り上げられて、飛び去った。

警官に護送車に乗せられようとしていたドラゴンの一人は、不思議そうな顔をして私たちを見た。

「お前ら、どうしてここが判った？」

煙幕が消えたあと見事にヨレヨレ姿になって現れた等々力さんが、わが意を得たりというような得意そうな顔で、私たちが乗せられてきたワゴン車を指差した。

「ほら、あそこのケツを見てみな」

ワゴン車には一見、何の別状も無い。

私はそのまわりをぐるっと一周してみた。

「あ！」

ワゴン車の後部に目が吸い寄せられた。そこにはオモチャのダーツ、吸盤式の、つまり刺さらないでくっつくタイプのダーツが、ぴったりとくっついていた。

「最近はさあ、ほら、位置を示す発信器、アレを大手メーカーが堂々と売ってるんだからなあ。凄《すげ》え時代になったよな」

私はダーツをひっぱって外し、中を見てみた。中には五百円玉くらいの、円盤状のものが入っている。

「紛失物を見つけるなんとかタグってやつだ！　微弱な電波を出すから、スマホとかで追跡できる」

等々力さんが得意げに説明した。

「追跡中に、窓からオモチャのピストルで撃ったんだよ。ダメモトで。そうしたら見事に命中して。コイツは単独では十メートル離れてしまうと感知出来なくなるが、他人の端末を利用して現在地を送信してくる。それでも念のために車のナンバーだけを警察に通報したんだ」

そう言った等々力さんはニヤッとした。

「補佐官誘拐の件と判った途端に警察もすべてを差《さ》し措《お》いて最優先で動いてくれた。監視カメラにNシステム、あらゆるものを総動員してこの車を追尾して……そして最終的な場所特定には」

等々力さんはスマホを取り出した。

「このタグが役に立ったわけさ。で、警察が『出てきなさい』とか言っても絶対に出てこないだろうから、シャッターを爆破して強行突破したわけだ。作戦は大成功だ」

「畜生《ちくしょう》。ナンバープレートを隠しときゃよかった」

ドラゴンの一人が悔しげに言ったが、等々力さんは簡単に否定した。

「ナンバーは別に無くても今の技術ではね、特定の車を簡単に追尾出来るんだよ」

自分の手柄でも無いのに、等々力さんは得意げだ。

＊

「搬送された塚原補佐官は健康に異常はなく、意識も正常だという診断が出た。多少脱水症状が出ているだけだそうだ。念のために数日入院するらしい。そして」

一味を逮捕して留置している田無《たなし》署の会議室で、塚原補佐官の行方を追っていた警視庁公安部の刑事が、私たちに経過を説明した。

「府中《ふちゅう》の倉庫に補佐官を拉致監禁したうえ、君らをも誘拐したのは、『ドラゴン』と特定した」

公安の刑事だけではなく、津島さんも説明してくれた。

ここには国重もいる。彼も被害者の一人だから。

「国重さんは当然ご存じのことと思うが、中国政府内部には、国際協調を基軸にする穏健《おんけん》派と、それと激しく対立する覇権主義の一派があります。後者は中国第一の、いわば中華思想に凝《こ》り固まっている。そういう思想自体は昔からのことで、中国の歴史的には取り立てて珍しいことではない」

穏健派と覇権主義の対立を津島さんが指摘すると、公安部の刑事も続けて説明した。

「そういうことです。つまり中国は大国だが決して一枚岩ではなく、内部では常に権力闘争が起きています。しかしそれが対外的に露呈《ろてい》すると、アメリカなどに弱みを握られることになるから、あくまでも現体制でまとまっている、というふうに見せなければならない」

　そうですね？　と確認するように、公安部の刑事は国重に確認した。

「現状は、覇権主義の一派の影響が強いと思われます。しかし」

　刑事は一同を見渡して、付け加えた。

「中国指導部が覇権主義一色、というわけでもありません。同時に反主流派も、全員が国際協調派というわけでもない。その辺が極めてややこしいところです。ただ言えるのは、指導部としては中央・地方を問わず蔓延《まんえん》する汚職を摘発しようとしている、という点です。国重さんは、汚職を摘発する側、しかし必ずしも覇権主義派というわけではない、という理解でいいんですよね？」

「はい。それでだいたい合っています」

　国重は素直に認めた。津島さんがさらに補足した。

「そしてドラゴンの連中に補佐官の拉致を依頼したのは当然、穏健ではない覇権主義派、さらに汚職に手を染めている側の人間、ということですな」

「やつらが補佐官を拉致したのは、補佐官の存在が覇権主義の一派には邪魔だったからだ。塚原補佐官は日本の現政権と、アメリカの現政権とのパイプ役なのだ。今の首相は外務大臣を長く務めて、その間に当時副大統領だったアメリカの現大統領との密接な関係を築いた。その連絡役を務めているのが塚原さんだ。塚原さんがアメリカに留学していた時の友人が、アメリカ現政権の要職に就《つ》いているんでね。そしてアメリカの現政権といえば経済的にも戦略的にも中国を敵視している。中国にとってアメリカの現政権は、今や敵以外の何ものでもない。そして日本の今の政権は首相が代替わりした途端に、アメリカの現政権と急速に接近した。前にも増してアメリカとべったりになった日本の現政権も、中国としてはひどく目障《めざわ》りだ。何としてでも分断を図りたいのだろうし、そのためにとりあえず一番邪魔なのは、アメリカとの連絡役である塚原補佐官、というわけだ」

週刊誌に書き立てられた夫人絡みのスキャンダルも、あるいは補佐官排除のための工作かもしれない、という津島さんの説明を、国重は頷きつつ聞いている。

「そして……国重さん、あなたがマークしている人物……赤坂の一ツ木公園でみのり銀行専務秘書から紙袋を受け取った人物は……財政破綻寸前の中国地方政府の幹部であり、かつ覇権主義派の重要人物でもあって、日本に駐在して、日本での工作を担当している男ですね？」

公安部の刑事が、一枚の顔写真を国重に見せた。

「劉明杰《リユウミンジエ》。赤坂署では敢えて知らないフリをしましたが、日本のインテリジェンスとて無能ではない。この劉という人物の、日本での行動はきっちり捕捉《ほそく》しております」

「当然ですよね。主権国家としては」

国重は仕方ない、というように、再度頷いた。

「劉が幹部を務めている地方政府は、土地の使用権を売却して収益をあげていた。その絶頂期には金が余っていたので、劉は日本でもみのり銀行を通じて資金を運用していました。みのり銀行本体にも出資して、事実上の大株主です。名目上はシンガポールに本社を置く投資会社が大量の株式を保有していますが、投資会社が間に入っているために、本当の大株主が中国人であることは、容易には判らない仕組みになっています」

公安部の刑事は淡々と説明した。

「地方政府の財政が潤沢《じゅんたく》であるうちはよかった。政治的権力に加えて財力もあるから、いわば無敵な存在だった。中央政府との齟齬《そご》もなく、一心同体でやれていました。しかし、中国では不動産バブルが弾けた現在、企業の破綻が相次いでいます。地方政府も同様に急速に財政状態が悪化しています。しかし、地方政府は破綻出来ません。破綻してはいけないのです。破綻すると地方政府の責任者は逮捕されて、多くの場合、死刑になります。地方政府が破綻するのは、放漫な財政や地方政府幹部の汚職が破綻の原因だからです。今まで、政治的には主流派だったため好き放題のことをしてきた、その報《むく》いが一気に来ているのです。劉の場合もそれです。財政規律が滅茶苦茶なうえに、劉自身もかなりの横領をして、日本やアメリカで運用して財産を膨らませています。国家としてはアメリカを敵視するくせに、個人としてはそのシステムと市場をちゃっかり利用しているのですな。政治的には中央と地方は建前上は一体、というかそれ以外にありえないので一体、ということになってはいるが、カネの面では違う。汚職や横領が横行して、地方政府は腐敗している。しかし地方政府の責任者は、それを中央政府に知られるわけにはいかない。命がなくなりますからな」

公安部の刑事は冷ややかに言った。

「そして劉とみのり銀行はズブズブの関係なので、銀行としても、劉に出資金を引き上げられては困ります。急な用立てにも応じるしかない。それで先日の公園での現金受け渡しとなったわけです。そうですすよね？」

刑事は国重に確認を求めた。

「警視庁公安部は、ほぼ調べ尽くしているようですね」

国重は疲れたような笑顔を作った。

「左様。日本の公安当局は静かに深く潜行して調べ上げるんです。意外に侮《あなど》れませんぞ」

津島さんが脅《おど》かすように言ったが、国重はなおも笑顔で返した。

「それは重々承知しています。日本は秘密が守れず、セキュリティも穴だらけと言われていますが、持ってる情報量自体は凄いし、調査能力も世界有数だと知ってます。けっして舐めていませんから」

それはどうもと公安部の刑事は儀礼的に会釈《えしゃく》をし、さらに情報を補足した。

「劉とドラゴンは、日本の反社との繋がりも深い。先日不審な死を遂げた、東京都議の件にも絡んでいるのではないか、との指摘が内閣裏官房、いや内閣官房副長官室からもありました。しかし、この件は政治問題・国際問題化する要素があるため現在、警察庁の外事課、および外務省とも調整して、正式に捜査を再開するかどうかを協議中です」

「ということは……日本の都議会議員の不審死は我が国……中国の工作だと日本の公安は認定しているということですか？」

国重が訊いた。

「左様。その推認を否定すべき理由は無いと考えます」

公安部の刑事が答える。

「あの……改めて確認しますが、亡くなられた憲政党の戸川房江元都議は、中国の民主化を目指す活動家の支援に積極的であっただけではなく、大神宮外苑再開発反対の活動もされていましたよね？」

国重が訊き、公安部の刑事が答えた。

「そうです。中国側として民主化運動は当然容認できないでしょうが、日本の都心の再開発についても、反対されては困る理由があるのだろうと我々は思っています。なにしろ、劉と癒着《ゆちゃく》しているみのり銀行は五井地所の大株主で、大神宮外苑再開発を推進する立場なのですから。五井地所が各地に開いているショッピングセンター『ビバタウン』にも、みのり銀行は出資しています」

「つまり、中国の地方政府の幹部であり、覇権主義の派閥の中心人物でもある劉氏は、間接的に、みのり銀行や五井地所を通して、東京都心や下町の再開発の推進に加担している、そのように考えておられるのですか?」

「そうです。大神宮外苑に出来る新施設を、中国が日本での橋頭堡《きょうとうほ》にしようとしている可能性があるというわけです。もしくは、その存在をもって、日本での存在感を確固たるモノにしようとしていると」

都心の新しい施設に拠点を置くからといって、それでなんらかの影響力を持つことになるのかどうか、私の頭では理解出来ない。しかし公安部の刑事は、そう思っているらしい。

が、国重は微かに笑みを浮かべ、きっぱりと言い切った。

「それは考えすぎです。私が思うには、たとえ外苑再開発に劉が絡んでいたとしても、それは日本進出の橋頭堡とかシンボルとか、そういうことではないでしょう。一介の汚職役人と、我が中国政府を同一視する愚《ぐ》はやめていただきたい」

劉の目的はあくまでも金儲けです、と国重は断言した。

「外苑再開発も下町再開発も、莫大な利益を生むと計算しているから、噛んでいるのです。中国人は基本的に、イデオロギーよりも利益で動きます。だから、台湾《たいわん》にも今のところ手を出していないわけです」

カネか……と部屋の空気がほんの僅《わず》かばかり緩《ゆる》んだ。イデオロギーならどうしようもないが、カネならば交渉の余地はあるだろうという思いからか。

しかし、金持ちの強欲《ごうよく》のために都心の景色が変えられ、何の罪もない人たちが住み馴れた住居を追い出されるという現実はどうなるのだ？　これでは金持ちのやりたい放題ではないのか？

「ということは」

私はおずおずと発言した。

「憲政党の戸川都議は、中国の民主化勢力に加担したから殺されたのではなく、大神宮外苑の再開発に反対して、そのために殺された、ということですか？」

「その可能性もある、ということだ」

津島さんはそう言ったが、国重は「その可能性の方が断然高いでしょう」と言い切った。

しかし……中国の覇権主義派には日本の再開発などより、自国の民主化運動の方が目障りではないのだろうか？　目障りなものは、とっとと排除したくなるのではないのだろうか？　そのへん、国重はどう考えているのだろう？

「たぶん、彼らは汚職や横領で着服した国家のカネ、それもかなり巨額な資金を日本で投資して運用しているけれど、本国の経済がヤバくなってきたので、日本で荒稼ぎして開けた穴を埋めて、自分たちの首が飛ばないようにしようと焦っているのです」

国重は言った。

「そのためには、大神宮外苑や東京の下町の再開発が円滑に進んで、五井地所とみのり銀行に多額の利益をもたらして貰わねば困るのです。民主化運動の活動家は中央政府がなんとかするだろうから、それは中央政府に任せておけばいい、という考え方でしょう」

「風が吹いたら桶屋《おけや》が儲かる、大神宮の木が伐られたら中国汚職役人の首がつながる、か」

等々力さんが皮肉を言ったが、国重は完全に無視した。

＊

高級レストランの個室は、重い空気に包まれていた。

彼らはあえて中国料理ではなく、高級なフランス料理をワインやウィスキーを飲みながら食べている。しかし会話はすべて中国語だ。

「しかし……ヤツらは軽率《けいそつ》だったんじゃないのか？　そもそも、ツカハラを監禁している場所にアイツらを連れて行ったのが大失敗だった……その監禁場所も、もっと適当なところはなかったのか？　我々の息がかかったホテルは幾らでもあっただろうが」

テーブルの中心に座る劉は、目の前の極上フィレミニョン・ステーキには手もつけず、苛立たしげにウィスキーのストレートの杯を重ねている。小太りの、たっぷり肉がついた喉に、高級な洋酒が流れていく。

「そもそも裏官房の連中に国重が同行していたのは何故だ？　離反行為ではないのか？　国重の日本での身分はなんだ？　人民解放軍の諜略《ちょうりゃく》部隊か？　中国警察の日本駐在か？　それとも中華人民共和国国家安全部か？」

劉の脇で畏《かしこ》まり、円卓に向かってはいるが、まったく飲み食いをしていない部下の一人が、おずおずと「第十局のようです」と答えた。

第十局とは、別名・対外保防偵察局。外国駐在組織人員及び留学生の監視・告発、域外反動組織活動の偵察を任務とする部署だ。

「つまり、我々の監視か。何処まで知られている？」

「先日の、赤坂の公園で、みのり銀行の関係者と接触したことはバレています。塚原の居所を教えるという交換条件で、国重は日本の警察から情報を引き出したようです」

「国重は、我々の中にもスパイを放っているわけだな。塚原の居所を誰が漏らした？」

劉の下問に別の部下がおそるおそる答えた。

「いえ、当初国重が摑んでいた情報は偽だったのです」

「では、本当の監禁場所に連れて行ったあの女の致命的な判断ミスだな」

劉はそう言って周囲に確認を取った。

「あの女の名前は芷琳《ジーリン》で間違いないな？　あの腕の立つ男勝《まさ》りの女。たしかに芷琳の判断ミスだ」

劉はそう言って喉元を切るような仕草をした。

「芷琳は今どこにいる？　見つけ出して、殺《や》れ」

「大人《ダーレン》、お言葉ですが、あの女はまだ使い道があります。もう一働きさせてからでも、遅くはないのでは？」

部下の進言に、劉は少し考えて、「お前に任せる」と指示を出した。

「それはそうと、これからはどう致しましょう？」

別の部下が劉の指示を待った。

「大神宮外苑の開発は引き続き、五井地所が担《にな》う。下町再開発も同様だ。しかし、これまでは民間ベースの事業ということで東京都は一歩引いていたが、これからも五井地所のやり放題かというと、そうもいかないだろう。監督権限を使ってあれこれ口を出してくるに違いない。建物を小さくして森の面積を増やさせるとか、な」

劉は首を横に振った。

「だがそれをするとショッピングセンターとホテルの収益が落ちる。それは困る。なので、都知事を強力に抱き込む方策を検討しよう」

しよう、と言われた部下たちはみんな劉の命令を待っている。

「それにはやはり資金だな。次の都知事選の選挙資金。裏も表も含めて都知事の希望額を上回る、潤沢な資金を提供しよう。運動員を出すと選挙違反に問われるから、とにかくカネ。それ以外に良策はあるまい？」

一同は賛成した。

「それと……劉大人《ダーレン》、日本各地に潜む『反中分子』についてはどう致しましょう？」

「そうだな……」

劉はウィスキーをゆっくり飲み干して、考えた。

「主席にはいいところを見せておかないとな。我々の金銭問題は、既に漏れていると考えておいた方がいい。金の穴埋めを済ませた上で、そういう不祥事を上回る忠義を尽くしておかねばな」

「しかし……塚原の拉致監禁で、日本警察の捜査の手が我々に伸びてくる可能性も考えておかないと」

その部下の意見を劉はピシャリと否定した。

「大丈夫だ。芷琳たちは、我々のことはひと言でも漏らすまいよ。漏らしたらどうなるか、よく知っているからな」

劉はそう言って少し笑った。

「まあ今後一働きさせるかどうかは別にして、いずれ始末しよう。これは懲罰《ちょうばつ》だから。あと、本国に戻る際には主席への手土産《てみやげ》が必要だ。安いスクラップを持ち帰るだけでは足りないな」

それを聞いた部下が、床に置いた鞄《かばん》からファイルを取り出して、劉にうやうやしく差し出した。そのファイルには多くの人物の顔写真と名前、そして彼らが日本のどの辺に潜伏しているかの情報がプリントアウトされている。

「そうだな。一番簡単そうで一番インパクトがあって、本国の連中が喜びそうなのは……」

劉はページを繰りながら舐めるように内容を精査した。まるで何を食べようかとメニューを眺める、腹を空かせた男のようだ。

「これとか、これ……そうだ、この女がいいだろうな」

劉はあるページを指して隣の部下に見せた。

＊

塚原総理大臣補佐官は無事に救出されてドクターヘリで都心に運ばれ、大学病院に即、入院した。

知らせを受けた晴美夫人は、塚原氏が健康上問題が無いこと、多少の脱水症状はあるがそれは点滴で回復していること、政府の要人なので万が一を考え、慎重を期しての入院である事などを病院長から説明を受けて、青白い顔に血の気が戻り、強ばっていた表情も緩んできた。

面会謝絶ではないので、塚原氏の個室に入った夫人は、二人きりで三十分ほど過ごすと、病室から出て来た。そこに廊下で待っていた津島さんが近づいた。

「塚原晴美さん。こういう時に申し訳ないのですが……少々お話を伺わせて戴いてもよろしいでしょうか？」

津島さんは最大限の丁寧さで事情聴取のお願いをした。

「判りました。わたくしでお役に立てることでしたら」

と夫人は応じて、病院に用意してもらった空き個室に入った。

晴美夫人は三十七歳。大変な美人だ。匂い立つような色香を感じる。白を基調にした上品なスーツをさりげなく着こなしている。身につけているものも、これ見よがしのブランドではないが、私が見たこともない、高級なものだと判る。胸元には大粒のパール。腕には最新型のアップルウォッチ。いい香りの香水を控えめに使っている。同じ女性である私から見てもうっとりするほど魅力的だ。切れ長の目に鼻筋の通った美貌《びぼう》、スリムで脚の長いスタイル、など、まるで女優さんのようでもある。

あまり人数が多いと威圧感を与える、という理由で、夫人と一緒に個室に入ったのは、津島さんの他には私だけだった。夫人の側にも弁護士、あるいは塚原氏の秘書が付いたりすることはなかった。

私はきちんとメモを取るのが苦手なので、やりとりはすべてスマホで録音する。

「週刊誌に載ったときから、きちんとお話ししなければいけないとは思っていました」

目力のある人だ。だが、相手を睨みつけるというのとは違う。自分の意志をハッキリ示す視線だ。そんな塚原夫人に津島さんが言った。

「ひとつ申し上げておきたいのですが、我々は警察でも検察でもありません。いわゆる捜査機関ではありませんから、逮捕だとか捜査だとか起訴だとか、そういう目的ではないのです。ただ、内閣官房に属する部署として、補佐官の奥様に事実を確認しておきたいのです。よろしいでしょうか？」

津島さんは丁寧に確認を取り、夫人は頷いた。彼女のその真剣な眼差《まなざ》しには、女の私でもゾクッとするほどの色香がある。塚原補佐官がゾッコンで、何に代えても妻を守ると言った、という話もよく判る気がする。夫人が口を切った。

「最初に申し上げておきますが……私は、週刊誌で書き立てられた、例の殺人には関係していません」

夫人はキッパリした口調で、言った。

「私が帰宅したら、ベッドの上に死体があった、ということなのです。それを警察が『自殺』としてしまったのは、どうしてなのか、私にも判りません」

夫人は津島さんを見つめた。が……間違った事は言っていないと言いたげに津島さんをまっすぐに見据えようとした眼は、いつしか自信なさげに動いて視線を彷徨《さまよ》わせた。

対照的に津島さんは、努めて事務的に話そうとしているのが判った。

「亡くなった漆原功さんが、『渋谷・宮坂《みやさか》公園パーク再開発』に絡んでいたのはご存じでしたか？　宮坂公園パークとは、渋谷の山手《やまのて》線沿いにあった都の公園の払い下げを受けて、民間の事業者が建てたショッピングモールです。屋上に公園を設けたためにそんな施設名になりましたが、公園にパークを付けたネーミングがまさに屋上屋《おくじょうおく》、実に不格好だと話題になりました」

「はい。彼の仕事として、地権者を回っているようなことは聞いていました」

津島さんは頷いた。

「そうです。漆原さんは周辺の土地の買い取り交渉をするスタッフだったのです。全体の開発を仕切ったのは、大手の『五井地所』です。漆原さんは孫請《まごう》けで、相当強引な交渉をやっていたとの話もあります」

「そうなんですか」

夫人は、まるで他人事《ひとごと》のように言った。知っていたのか知らなかったのか、その空虚な表情からは窺《うかが》えない。

「漆原さんは、周囲に『ドーンとやる』『カネが必要なんだ』『おれには学歴もキャリアも何もないから、カネだけなんだ』と言っていたようですが、漆原さんがお金に執着《しゅうちゃく》していたのは何故だか判りますか？」

その問いに、夫人は小さく頷いた。

「私、のせいなんですよね……」

夫人は泣き出すかと思ったら、気丈に津島さんを見返した。

「それは、事件が起きたときからずっと言われてます。アイツは私のために金儲けをしたかったんだって。それは彼自身が私に言ってました。自分みたいなチンピラ上がりが銀座の売れっ子ホステスと一緒になろうとしたら、金を稼ぐしかないって。私だって言いました。『そうじゃない』って何度も何度も。でも言っても納得しないから、もういいやと、そのまんまにしていたんです。彼、疑心暗鬼になっていたんですね。自分に自信がなくて……事あるごとに言われました。お前は金持ちの爺さんが現れたらそっちになびくんだろうって。じゃあどうして私と暮らしてるの？　って聞き返して大喧嘩《おおげんか》になったことも何度か」

「判りました。それで、漆原さんは、そういう焦りのあまり、というか、強引なことをやってしまったようなんです」

用意した書類を確認しながら、津島さんは慎重な態度を崩さずに、言った。

「我々が多方面から集めた情報を総合すると、漆原さんは、まず、自分の成績を上げるために、かなり強引な『地上げ行為』をやりました。いわゆる反社の、暴力団なども使って、立《た》ち退《の》かない意思を示した地権者たちに嫌がらせをしたのです。それは十年前でもレッキとした違法行為ですので、地権者たちは弁護士を立てて親会社の五井地所や渋谷区に抗議して、告訴もしました。その結果、漆原さんは地権者との交渉チームから外されました。しかしそうなると、大金を得る方法が閉ざされてしまったことになります。考えた末に、漆原さんは、親会社の五井地所を強請《ゆす》ろうと思い立ちました。間に入る会社があったとはいえ、暴力団を使った地上げは完全に違法です。五井地所の責任も追及されるでしょう。その弱みを突いたのです。黙っておくからカネを寄越せ、ということです。しかし漆原さんは、大きな見落としをしていました。こういうプロジェクトには、かならず政治家、もしくは政治家と繫がる得体の知れない人物が、魑魅魍魎《ちみもうりょう》のように蠢《うごめ》いているものです。そういうカラクリを暴かれると、彼らも困る。なにしろ魑魅魍魎です。暗闇に棲息《せいそく》しているのですから、陽が当たると死んでしまいます」

そこで津島さんは言葉を切った。

「魑魅魍魎の正体については、私は存じません。いや、もしかすると、誰ひとり、正確な正体など知らないのかもしれません。実力者に何らかの影響力のある……その言い方自体が曖昧《あいまい》すぎるのですが、要するに、一席設けて話をして『あなたがそこまでおっしゃるなら』と相手に言わせる力があるか、あるいはもっと簡単に電話一本で『判りました』と言わせるかは知りませんが、そういう『力のある人物』はゴマンといる……そうです。私自身、そういうフィクサーみたいな人物と直《じか》に話した経験は無くはないですが」

「そうですか。それであの人は……漆原は『自殺』ということにされてしまったのですか？　殺されたかもしれないのに？　でも、そうなのであれば、今になって私が犯人みたいな記事が出てくる理由が、よく判らないのですけど」

「それは私にも判りません。推測するに、現在のあなたのご主人が、政権与党の中で力を持つようになってきたことを、喜ばない人たちがいるのかもしれません。与党とて一枚岩ではありません。現政権を揺さぶってやろうと思う勢力もいるでしょう。そこで十年前の事件が浮上した。そういう勢力が、常にスクープを追っている週刊誌の記者を焚きつけて書かせたのかもしれません」

津島さんは私に目配せした。一瞬、意味が判らなかったが、飲み物を出せ、というサインだった。

私が紙コップに注いだ天然水を二人は口にした。

「塚原晴美さん。あなたはいろんな意味で、今の世の中の動きの、いわば鍵となる存在になっています。それは、十年前に張られた伏線の回収なのかもしれませんが」

津島さんにそう言われた夫人は、理解出来ない様子で首を傾《かし》げた。

「今のご主人の塚原さんは、あなたの銀座での上客だったそうですね？　あなたにゾッコンで、毎晩のように店に通ってきていたと」

はい、と彼女は頷いた。

「結婚も申し込まれましたね？」

「それは……塚原本人から聞いた話ですか？」

「いえ、私が直接聞いたものではなく、幾人かから聞き取った話を基に伺っています」

津島さんはここで間を置いた。

「とても伺いにくいことを伺います。こういう事をお訊きするのは申し訳ないと思っていますが、奥様ご本人に伺うしかないのです。何卒《なにとぞ》、怒らないでお答え戴ければ有り難いのですが」

そう前置きをしたから、相当ひどいことを訊くのだろうと、傍らにいる私も身構えてしまった。

「塚原さんは当時、財務省の官僚でしたね？　そして、あなたとご結婚なさった翌年の総選挙で、与党から出馬して初当選している。塚原さんが党の公認を得られたのは、あなたとの結婚の、いわば報酬だったのではありませんか？」

「どういう意味でしょう？」

「つまり、地上げをめぐるスキャンダル、そして付随する恐喝《きょうかつ》と殺人について表沙汰にされたくない『大物』が、事情を知っているであろうあなたを、監視下に置こうとした。塚原さんを『夫』という立場にしてあなたを監視させ、かつ一蓮托生《いちれんたくしょう》の立場にして、問題の殺人について一切喋らせないためだった、とお感じになったことはありませんか？」

「ああ、そのことですか」

何を訊かれるのだろうと表情を硬くしていた夫人は、ホッとした様子になった。

「その事は、塚原本人から聞きました。与党のエラい人に言われたよって。でも、彼はずっと以前から、私が漆原と同棲していることも知っていたのに私にゾッコンだったので、私を監視するとか、そういうことは関係ないと言いました。とにかく一緒にいたかったのだと。実際、塚原は私をずっと大事にしてくれていますし」

「塚原貞次さんから求婚されたとき、あなたはどう思ったのですか？」

「……正直言って、誰かと早く結婚してしまおうと思いました。まさか漆原が化けて出るとは思いませんが、私も怖かったのです。漆原と同様、私も消されてしまいそうで」

「そうですか。その結果、塚原氏は財務省を辞めて、与党の大物が属する派閥の支援を得て総選挙に立候補、見事に初当選を飾り、その後も落選することなく順調にキャリアを重ねて現在に至るわけですよね」

その意味では、事態は一応丸く収まっていた、と考えるべきだろう。『渋谷・宮坂公園パーク再開発』の土地買収に反社が絡んでいた事実は伏せられ、遺されたかもしれない女性は新進気鋭の議員の妻になり、議員も出世を重ねるごとに『大物』への忠誠を強固なものとし、権力の中枢との絆《きずな》は深まっている……。

「でも……」

突然そう言った彼女は、次の言葉を発するのに時間がかかった。言わないでおくべきか、この際言ってしまおうかという激しい葛藤《かっとう》を、私は目の前で見た。人間とはこんなにも激しく、二つの思いの間で戦うものなのか。

津島さんはそれを静かに見守った。

やがて……彼女は落ち着いて、低い声で話し始めた。

「私が……漆原の死に、まったく関係が無いというのは……ごめんなさい、ウソなのです。私は、ウソをついていたんです」

そう言い切った彼女は、これまで口を噤《つぐ》んできた事実を、あたかも堰《せき》を切ったように吐《と》露《ろ》し始めた。

「漆原が死ぬ直前に私たちはかなり激しいケンカをしました。理由は、今から思えば、五井地所を脅して逆に追い込まれた彼が、仕事もなくなりいっそう困窮《こんきゅう》して、私への引け目を募らせていた時だったのかもしれません。『お前はいいよなあ、店に出て酒飲んで、ジジイどもにおべんちゃら言って適当に話を合わせてればカネになるんだから』と何度聞いたか判らないことを言い出したので、いい加減にしなさいよと言い返したら、ぱーんって平手で叩かれて。お店に出る前でしたから、顔に痣《あざ》でも出来たら大変なので、私も激怒して……反射的に、手近にあったクリスタルの灰皿……ほら、刑事ドラマでよく凶器に使われる、ガラスの灰皿です。そんなに大きなものではなかったですが……それで彼の頭を殴りつけました。ゴン、という鈍い音がしましたが、私は振り返りもせずにそのまま部屋を飛び出したんです。それほど力を入れて殴ったわけではなかったので、大丈夫だと思っていました。そうしたら……お店に電話がかかってきて……知らない人からでした」

店を早退して自宅に帰った彼女は、ベッドの上で息を引き取っている漆原功を見て、崩れ落ちた、と言った。

「ベッドの上でカッと目を見開いている彼の姿が、今でも目に焼き付いています。ベッドの上で死んでいたのだから、私が灰皿で殴ったから、それで死んだのだと、ずっと思っていました。警察から現場検証や司法解剖《かいぼう》の結果を聞かされて、住んでいたマンションの非常階段から落ちたのだと言われても、全く信じられませんでした。だったらどうしてベッドで寝ているの？　って」

「だから、あなたは、功さんの死の原因が、自分であるのではないかと、ずっと信じ込んでいた……？」

津島さんに念を押された夫人は、こくりと頷いた。

「実は、今でも、そう思ってるんです。彼が、あの人が、ベッドに横たわっている姿が忘れられなくて」

そう言った夫人は、ここではじめて涙を流した。

「ずっと不安で堪《たま》らなかったんです。いえ、今でも不安です」

絞り出すようにそう言うと、ハンカチを目に当てた。

「今は、塚原に迷惑をかけています。大事な仕事について、政治家として、とても大切な時期なのに……妻である私が足を引っ張っている……」

今度はぽろぽろと涙が零《こぼ》れて、その滝のような涙は止まらなかった。

「夫は政治家だから常に誰かに足を引っ張られます。今までは党や派閥に守られていたし、まだ駆け出しだったから、なにもされなかったのでしょうけど……」

夫人の号泣《ごうきゅう》は、まるで夫を亡くしたかのようなものだった。

＊

「レイさん、うちの教授のフィールドワークに付き合っていただけませんか？」

数日後、再開発に揺れる東京・田地町の和菓子屋「伊勢屋」の、事実上の跡継ぎである青井孝太郎さんから、私は頼み事をされてしまった。彼が大学のゼミで指導を受けている呉竹慎一郎教授が田地町で再開発の現地視察をしたいというのだ。

「呉竹先生が、『いろいろと緊迫している今、現場に行って生きた情報を仕入れたい。君んとこの地元なんかどうかな?』とか言い出しているんですよ」

孝太郎さんは困惑している。

「呉竹先生には言ったんです。ウチは東京の下町で飲み屋街しかないところですよ、行くなら先生が前から追っている大神宮外苑とかがいいんじゃないですかと。でも先生は、大神宮にはみんな行ってるが、田地町の再開発は一般にはあまり知られていないからと。先生は、ウチが立ち退きの当事者でもあるのだからなおさら結構、是非、案内してほしいとひどく乗り気で……」

ということで、私はそのお伴をすることになった。孝太郎さんの指導教授、呉竹慎一郎先生は名だたるリベラル派で、マスコミ的にも有名な存在だそうだから、私はボディガード要員なのかもしれない。私の他に、田地町地区の再開発について独自に調べているアグネスも参加するという。

結局、総勢四人で一日中、田地町地区を歩き回ることになった。

呉竹教授は立ち退き区域の民家や店舗を精力的に訪ねて話を聞き、メモを取った。助手格の孝太郎さんにはビデオカメラを持たせて、聞き取りの模様を記録させた。

外に出ると教授は自身がカメラを構え、古い街並みを情熱的に撮影する。何枚も何枚も撮る。例の、性格に難ありのオーナー、高坂社長が経営しているというスクラップ工場も外から覗き込んだ。

区役所にも出向いて担当者と面会し、鋭い質問をして、五井地所の再開発計画が、必ずしも地元の思いと一致していないことを確認した。

「要するに地元としては、あくまでも大地震や津波、大雨による洪水などに強い街作りをしたいだけであって、五井地所が考えている、ブランド力があって高級クラス感のある『シン・田地町』を目指しているわけではないと、そういうことですか？」

「もちろんです。ここは東京の下町であって、ちょっと前までは町工場が建ち並ぶ庶民の街だったんですよ？　そんな田地町を高級な街にしようなんて大それたことは、少なくとも行政としては考えていません。それより、木造建築が多くて火災に弱い街をどうするかの方が先決です。何にも増して、そのための再開発なのですから」

区役所の役人の見解は明確だった。

再開発の資料を貰ったりしていると、区役所に終業のチャイムが鳴り響いた。

あっという間に十七時になってしまったのだ。

結局、呉竹教授に危害が加えられることなどはなく、私の出番もまったくなかった。田地町は平穏で、教授の「世はすべて事も無し、でしたな」というコメントとともに忙しい一日は終わった。

夕食は教授の奢《おご》りで、田地町で一番高そうな和食屋さんで鍋を囲むことになった。

「いやいやお疲れ様。なかなか有意義な一日になりました」

呉竹教授の発声でビールで乾杯して、鍋を食べ始めてからは白ワインに変えた。

グルメで名高い教授がご馳走してくれるのだから、鍋ならフグかカニ、あるいは高級なすき焼きを期待していたのだが……案内されたのはモツ鍋の店だった。しかし、味噌《みそ》仕立てのその味は素晴らしかった。

「美味しいですね！」

思わず私は感嘆《かんたん》の声を上げた。口いっぱいに広がるホルモンの脂と、味噌の辛さ。濃厚でありながら繊細。唾液腺が激しく刺激され、まさにほっぺたが落ちそうだ。

「先生はこの店をご存じだったんですか？　僕は地元なのに知りませんでした」

「いやまあ、私もここに来るのは初めてだからね。ネットで調べてみた。ハズレたらどうしようと心配だったが、杞憂《きゆう》だったね」

個室には上品なお琴の調べが流れ、全員が鍋に舌鼓《したつづみ》を打っていると……いきなりその空気を破壊するかのように、ガーンガーンという金属性の轟音《ごうおん》が外から響いてきた。

呉竹教授は怪訝《けげん》な顔をして孝太郎さんを見た。

「すみません、先生。うるさいですよね。さっき前を通った、あの塀で囲まれたスクラップ屋です。そこが操業しているんです。廃金属を吊り上げて、落として壊しているんです」

「しかし君、もう夕方の六時じゃないか。こんな時間までうるさくして、近所から文句が出ないのかね」

教授は眉根を寄せた。

「高坂商事か。戦後すぐからスクラップ工場を続けているのなら、まあ先取特権のようなモノもあるんだろうし、うるさいから出て行けと言われれば、あとから来たそっちが出て行け、という話になるんだろうが……いくらなんでもこの時間までやるというのは……」

「ええ、多分に嫌がらせの要素があると思います」

孝太郎さんは疲れた顔と声で言った。

「社長の高坂さんは、このあたりでは有名なクソジジ……いえ、偏屈《へんくつ》な御老人なんです。協調性のようなものは一切なくて、まわりが諭《さと》せば諭すほど意地になってしまう。ですから、高坂の爺さんと、あのスクラップ場さえ移転させれば、田地町の再開発は五井の勝ちだって、誰もが言ってます」

教授はう〜んと唸《うな》ったきり、黙ってしまった。無言のまま箸を進めているが、その間にもどんがらがっしゃーんという大音響が容赦なく聞こえてくる。大量の金属を、高いところから落とす騒音だ。なんだかホルモンの味もしなくなってきた。さっきはあんなに美味しかったのに。

「ところで君」

呉竹教授は思い出したように、孝太郎さんに顔を向けた。

「そのスクラップ屋だが、君は何も思わないのかな？」

「は？　うるさいとは思いますが、別に」

何を訊かれたか判らない、という様子の孝太郎さんに、教授が指摘した。

「さっき、高坂商事の前を通ったとき、中を覗いて見ただろう？　ヤードに山積みにされていた金属、おかしいとは思わなかったか？」

「おかしい？」

教授は箸を置いて、デジカメで撮った画像を捜して表示させた。それは、スクラップ置き場を入口の隙間から撮ったものだ。錆びた鉄骨や鉄筋などに混じって、さほど劣化しているわけではない、ぴかぴかの、車のバンパーとかが山積みになっている。

「これは、復興地域から持ち出された金属の可能性があるぞ。古くなったから廃棄されたのではなく、何らかによる汚染が理由で解体された車のバンパーかもしれない」

呉竹教授が言うには、東京電力福島第一原発事故による帰還困難区域内の、解体工事で出た鉄屑などを、複数の作業員が無断で持ち出して換金していたことが最近、判明したの

「窃盗《せっとう》ももちろん問題だが、それだけではなく」

だそうだ。

持ち出された金属廃材が放射性物質に汚染されている可能性がある、と教授は言った。

「帰還困難区域での解体工事で出た廃棄物は、線量を測定した上で、数値に応じて中間貯蔵施設行きや処分場行き、再利用可と区分しているが、現場から無断で持ち出された金属廃材の場合、数値を測定していない可能性がある。しかも放射能を帯びた金属のリサイクルについては、驚くなかれ、規制する法律が一切ない。まさに野放し状態だ」

「そうなんですか。でも高坂社長は、どこから来たものか知らないまま、鉄屑を買い取って保管しているだけなのかも」

孝太郎さんが地元の隣人を庇うように言ったが、教授は首を振った。

「いや、社長の責任云々《うんぬん》よりも、ここは今まさに、あそこにある金属廃材が危険かもしれない、という事を考えるべきじゃないかね？　こんな街の真ん中に、もしかすると高レベルの放射能を帯びた金属が保管されているというのは……放置してよい問題ではない」

教授は、私たちを見た。

「どうだ、君たち、これは調べてみる価値があるとは思わないかね？」

興味がないとは言わさない、という勢いだ。

真っ先にアグネスが反応した。

「もしも金属から放射能が出たら……再開発が中止になるかも。ぜひ、調べてみたい」

「そうか。とりあえず、放射能を測るキカイがないと話にならないな。そうだ。知り合いからガイガーカウンターを貸してもらおう。善は急げだ」

教授はスマホを取り出すと、気軽な調子で電話をかけた。

「ああ、私です。呉竹です。その節はどうも……ああいや、こちらこそお世話になって」

そんな調子で教授は簡単に誰かからガイガーカウンターを借り出す話をつけてしまった。しかも親切なことに、相手の人はここまで持ってきてくれるらしい。

「なに、この近くの人だからそんなに恐縮することはない」

近くといっても、千葉の船橋《ふなばし》から持ってきてくれるのだ。

「君たちはここで待っていたまえ。私は先に失礼するよ」

スマホを仕舞いながら教授はそう言い放つと席を立とうとした。

「ちょちょ、ちょっと先生。言い出しっぺが先に帰っちゃうんですか？」

私は慌てて教授を引き留めようとした。

「お酒も飲んでしまったし、老体にはいささか堪《こた》えた。ここからは若い君たちに託すよ。じゃあ、あとはヨロシク。ここは私が払っておくからね」

そう言うと、呉竹教授は足をもつれさせながら席を立った。足元は怪しいが、それでも、「いいかな、計測して針が振れるところを必ず動画に撮るんだよ」と念を押すのは忘れない。

「つまり、これから私たちが敷地に潜入して、計測するって事ですよね」

思わぬ展開に、私は困惑した。

「いいじゃないですか！　善は急げと呉竹先生も言ったではないですか。乗りかかった船です。ガイガーカウンターが届き次第、さっそく調べに行きましょう」

アグネスはあくまで積極的だ。孝太郎さんは「しかたがないな……」と消極的だが、アグネスに「やりましょうよ。やるしかないでしょ。危険を放置するわけにはいかないんだから」と押し切られた。

お勘定を〆《シメ》てしまったので、残っている料理を平らげるしかない。自腹で追加するという選択肢もあるが、私も孝太郎さんもアグネスも、こんな高級店でそれをやる度胸はない。

待つこと小一時間。小さな箱を持った中年男性がやって来た。

「どうも。呉竹先生からお申し越しの品を、お届けに上がりました」

先生には反原発デモの時から御支援をいただいてまして、と、市民運動をやっているらしいその人は当然のことのように言った。

「わざわざ遠いところから……申し訳ありません」

私たちが恐縮して受け取ると、その人物は「まあ先生にはいろいろお世話になってるんで。それでですね、この機器の使い方は……」と懇切《こんせつ》丁寧に説明してくれたあとで帰って行った。

こうなると、いよいよ、決行するしかなくなった。


時間はすでに夜の十時。

私たち三人は、高坂社長が経営する高坂商事の敷地の前に立っていた。

さすがに二十二時ともなると、電気も消えて、人の気配も無い。覗き込んでも、事務所のような小屋に明かりは点いていない。

それでも、勝手に他人の地所に侵入するのだから、慎重にしなければならない。これは不法侵入だし、明らかに違法行為だ。

私たちは慎重に、高坂商事の敷地を囲む金属製のフェンスに沿って、ぐるっと一周してみた。

古びたフェンスには隙間がたくさんあって、中が覗ける。月明かりと近くの街灯の光で、中の様子は見える。

懐中電灯代わりにスマホを使おうかと思ったが、見つかるかもしれない。誰かに不審者として通報されそうだ。確かに今の私たちは不審者なのだし。

そう思いつつフェンスに沿って歩き、角を曲がったところで突然、目の前に人影が現れた。

「わ！」

思わず悲鳴を漏らすと、相手も飛び上がるほど驚き、腰を抜かしてへたり込んだ。

「だっ大丈夫ですか……？」

私たちが近寄ると……その腰を抜かした人物の顔に、ちょうど近くの街灯の光が当たった。

来福軒の大将さんだった。

「あなた重太郎さんの友達……どうしてこんな時間にこんなところに……？」

驚くアグネスに、来福軒の大将はきまり悪そうに苦笑して立ち上がろうとした。

「それはこっちが訊きたい。あんたらこそ、どうしてここに？」

アグネスがざっと事情を説明すると、大将はなるほどと頷いた。

「そうか。オレも毎晩、監視っていうかパトロールに来てるんだ。鉄屑が運び込まれるのは夜が多いんでな。店を閉めてから、毎晩、ここに来てる。そんなオレへの嫌がらせで、高坂の野郎は夜遅くまでガシャガシャやってやがるんだ！」

大将が怒りのあまり、大きな声で話すので、私たちは慌ててその口を手で塞いだ。

「これから、中に忍び込もうと思ってるんです」

私がそう言うと、大将は大きく頷き、「そういうことなら、是非おれも一緒に行かせてくれ」と言い張った。

なんだかんだで時刻は二十三時近くなっている。

私たちはフェンスの隙間の、大きく開いたところを探して敷地内に侵入した。孝太郎さんもアグネスも私もするりと抜けられたのだが、大将は腹がつかえて、なかなかクリア出来ない。私が一度外に出て押して、二人が中から引っ張って、なんとか全員の侵入に成功した。

中には、廃材が雑然と置かれていた。ビルの解体で出た大型の鉄骨、橋桁《はしげた》などの大きな廃材鉄骨、逆にコマゴマした金属の廃材。廃車になった車もあるし、いわきナンバーのプレートが付いたままの車のバンパーなどのパーツもある。

その傍らには動きを止めて休んでいる大型クレーンが聳《そび》え立っている。鋼鉄のワイヤーの先には、大型の円盤のようなものが付いている。

「あれは電磁石だ。スイッチを入れると強力な磁石になるヤツ。鉄骨なんかを磁力でくっつけて、高～く持ち上げてスイッチを切ると、鉄骨は真っ逆さまに落下してぶっ壊れる。そうやってデカい鉄骨をこなごなに砕いて運び出しやすくして、電炉のある製鉄所に運んで、溶かして鉄にするんだ」

大将が解説した。毎日のように見張ってるだけに、詳しい。

「要するに、鉄のリサイクルですね」

アグネスが頷いた。

「そうだ。デカい廃材を切って小さくするより、上から落として壊すほうが手っ取り早いし、安上がりだからな。高坂の野郎は昔からそうやってきたんだよ」

孝太郎さんは、ポケットから例の小型ガイガーカウンターを取り出してスイッチを入れ、先端を積み上げられた鉄屑に向けた。

ガリガリ、バリバリ、と放射能を感知すると鳴る、あの音がするのかと思ったら……聞き慣れない電子音が鳴った。

「ん？　なんだ、この音は……ええと、原発事故で放射能を帯びた廃材は、線量を測定した上で、一キログラムあたり十万ベクレルを超えれば中間貯蔵施設、十万ベクレル以下なら処分場に、百ベクレル以下なら再利用できる、と」

そんなことを呟きながら孝太郎さんはガイガーカウンターの数字を見ている。私たちも覗き込んだ。だが、デジタルの表示板に現れたものは数字ではなく、「測定不能」の文字だった。

アグネスは、その様子をビデオで記録している。

「ええとこのガイガーカウンターは……測定範囲が0.08μSv／h《マイクロシーベルト》から10mSv/h《ミリシーベルト》」

孝太郎さんはトリセツを広げて、声に出して読み上げた。

「核放射線量計は、放射線値が0.6μSv/hを超えると自動的にアラームを発します。私たちの生活環境における放射線量は、通常0.1～0.3μSv/hです。もし、核放射線検出器が鳴ったら、怪我をしないように、できるだけ早く危険区域から立ち去ってください……ってことは？」

マズい、離れろ！　と孝太郎さんは声を押し殺したまま叫び、私たちは廃材から慌てて飛び退いた。

すると……私たちの物音を聞きつけたのか、はたまた異常を感知するセンサーがあるのか、突然、掘っ立て小屋に明かりが点いた。

「高坂の野郎、ここに住み込んでるのかも」

ガイガーカウンターからは警告の電子音が鳴り続けているし、小屋からは今にも誰かが出て来て追いかけてきそうだ。

ここは逃げる一択だ。

フェンスの侵入口に私たちは走ってたどりつき、隙間から外に出ようとしたが……来福軒の大将の腹が、またも邪魔をして通り抜けられない。

背後を見ると、果たして、小屋から誰かが出て来ている。影になって誰なのかは全く判らない。警備員なのか、高坂社長なのか、それとも、産廃につきものの感がある、反社の一員か……？

侵入した時の逆で、アグネスと孝太郎さんが大将の腕や胴体を外から引っ張り、私は内側からオヤジさんを必死に押し出そうとした。

振り返ると、懐中電灯を持った人影は今や小走りになってこちらに近づいてくる。

焦った私は「せーの」と外の二人に声をかけて、オヤジさんをなんとか外に出そうとした。

そのあいだにも背後の人影は距離を詰めてきた。

飛びついてきたら反射的にやっつけてしまうかもしれない。それが高坂の社長だった場合、私は過剰防衛というか、違法行為を働いたことになる。いや、その前に不法侵入をしているのだが……。

激しく焦りつつ、私は大将の背中に渾身のボディアタックをかました。

あ、と声がして、大将の身体はスッポリとフェンスの向こう側に押し出された。

その後を追って、私もフェンスの外に逃れて、あとは必死に走った。

接近してきた人影は、フェンスの外までは追って来なかった。

＊

「都知事。どうも雲行きが怪しくなってきました」

有能な秘書・太刀川が珍しく顔を曇らせている。常にポーカーフェイスでまったく動じない、完璧な秘書ぶりを見せてきた男が、内心の困惑を表に出していた。

「知ってるわ。私の耳にもいろいろ入っては来てる。まずあなたの考えを聞かせて頂戴」

都知事室で、眼下に広がる東京都の全景を見下ろしながら、三池都知事は言った。

「まず、五井地所が、大神宮外苑再開発を前倒しで急ぎたい、と内々に打診してきていることです。それは五井地所の大株主であるみのり銀行の意向でもあると、別の筋からの情報もあります。みのり銀行としては、大神宮外苑再開発を加速して、一刻も早く利益を出したいのでしょう」

「どうしたの？　何を焦っているわけ？　五井地所とみのり銀行は資金繰りが逼迫しているとか？　大手なのにどういうこと？」

都知事は秘書を鋭い視線で睨んだ。

「判りません。しかしみのり銀行からは、再開発をこれ以上遅らせるのならば、都知事再選の資金提供が難しくなる、との意向も伝わってきています」

「何よそれ？　立派な脅しじゃない？　カネが欲しいならさっさとやれって意味？」

これを見て頂戴、と三池都知事は、都知事宛に送られてきたメールを見せた。

「しかも、みのり銀行はこんなことまで言ってきてるのよ。『大神宮外苑再開発に使われる予定の鉄骨などは持続可能性に鑑《かんが》み、ＳＤＧｓに基づいて、再生された鉄材を使う予定とのことですが、そのために確保した鉄材の一部が、福島第一原発事故により放射性を帯びた金属廃材が無断で持ち出され、横流しされたものであることが、さる筋の調査により判明しました』と。どういうことなの？　ねえ、この件で知りたいんだけど、鉄屑って、一度溶かし直して鉄材にする時点で不純物を取り除くんでしょ？　だったら放射能とかもリセットされるんじゃないの？」

三池都知事は苛立った。

「鉄スクラップを使えばリサイクルになって、地球環境負荷の軽減や環境保護に寄与して、環境保護団体が喜ぶんじゃなかったの？」

「基本的にはそうですが……しかし、困ったことになりました。再開発に放射能を帯びた金属廃材を利用！　とネットで炎上している件ですね。元が盗品で、しかも、放射能を帯びているとなると、話がまったく違ってきます。環境保護どころではありません。さらに悪いことに、みのり銀行は最近、環境保護にコミットしますという宣伝を始めてますから、この問題が大きくなると、みのり銀行は手を引くかもしれません」

冷静に問題点を指摘する太刀川秘書に、都知事は苛立ちを露わにした。

「じゃあどうするのよ！　どっちに転んでも私の再選計画がめちゃくちゃじゃない！　私が再選されなかったら、あなたも路頭に迷うのよ！　あのイケメンはこの件について、どう考えてるの?!」

秘書は内線電話で涌井を呼び出したが、その間にも都知事は感情的にまくし立てた。

「だいたい五井は何時《いっ》になったら再開発のやり直し案を持ってくるの！　さっさとマスコミに発表して着工しないと、自分で自分の首を絞めるんじゃないの？」

「都知事……その放射能を帯びた鉄スクラップの件ですが……大神宮外苑と並行して進行中の、東京下町、葛飾区田地町の駅前再開発事業に、まさに問題の鉄スクラップを保有する会社が地権者として絡んでおりまして」

「あれでしょ、そっちの再開発も五井が仕切ってるんでしょ？」

都知事は荒れた。

「五井って、ほとんど疫病神じゃないの？　渋谷の公園再開発では、いい仕事をしたなあと思っていたのに！」

そこへ、ノックの音がしたかと思うと、涌井が慌ただしく入ってきた。

「都知事、お呼びですか？　はい、お話の内容は判っております。ご心配なく」

涌井はニッコリ微笑んだ。

「そういうことなら五井地所に最後通牒《つうちょう》を出しましょう。上手くやれなければオタクを外すと脅してやるのです」

「でもね、あなた。アタクシ、みのり銀行は敵に回したくないのよ」

「何故ですか？」

「決まってるじゃないの。私の選挙資金の供給元だからよっ！」

都知事は険しい顔でそう言うと、涌井を睨みつけた。しかしその涌井が涼しい顔をしているので、都知事はますます苛立ちを募らせた。

「アナタはいいわよね。選挙は他人事だから。でもね、私が落選して新しい都知事になったら、私の息のかかった人事は全部白紙になって、当然あなたもクビよ。それ、判ってるの？　涌井くん、アナタ涼しい顔してるけど」

「失礼いたしました。しかしながら、都知事、その御懸念には及ばないと考えます」

「どういうことよ」

「みのり銀行をアテにしなければいいのです。そもそも、複数の筋からの情報によると、みのり銀行はかなりヤバいと」

「そうなの？　それにしたって代わりのアテがなければね。アテがあってこその余裕じゃないの？」

都知事は涌井に食い下がったが、彼はあくまでも余裕綽々《しゃくしゃく》な態度を崩さない。

「もちろん、アテはございます。都知事」

涌井は内ポケットから取り出した書類を、すっと都知事に差し出した。

さっと目を通した知事の顔に一瞬赤みが差して表情が綻んだが、すぐに首を傾げた。

「公職選挙法に引っかからないかしら？」

「迂回会社をいくつか経由させれば大丈夫でしょう。融資や資金提供の事実自体を隠せます」

涌井から説明を聞いた都知事は、拳で涌井の胸をどんと突いた。

「やるじゃない、あなた。さすがタイちゃんの推薦があっただけのことはあるわ」

「はい。都倉さんが役員を務める金融機関もありますので、話が本決まりになる前に、都倉さんに辞任しておいてもらう必要がありますね。そうすれば、疑惑を先に潰せます。痛くもない腹を探られることはありません」

「それに都知事。五井地所の内情もちょっと怪しくなりつつあるようです」

太刀川秘書も声を潜めた。

「責任を取らされて飛ばされた馬場崎さんから、内々に聞いておりまして。万一のことも考えて対処なさるべきかと」

そうね、と都知事は応じた。

その時、都知事のスマホが鳴った。ハンドバッグに入れてあるから、プライベート専用か。

あらあらこんな時間に、と言いながら都知事はハンドバッグに手を突っ込んでスマホを取り出した。

「ああ、タイちゃん。どうしたの？　公用の方にかければいいのに……うん。はい、はい、え。そうなの。だけどそれには、『どうぞお好きに』ってキッパリ言っておいて。ここで恩を売られたりするのは困るから。よろしくね」

都知事はそう言って電話を切って、「情報が一周遅れてるのよ」と吐き捨てた。

「タイちゃんは、五井とみのりに流れているのが中国の資金だと知らせてきたの。その、中国側の金主が、東京の再開発をもっと急げ、急がせないと、銀行の融資を止めるぞと脅してきたらしいのよ。タイちゃんも、ちょっと情報が遅いわね。こっちはもう全部判って、手を打とうって段階なのに」

都知事は、デスクに手をついて、大きく息を吸い込んだ。

「この際、こちらも腹を括《くく》るしかない。五井地所は切り棄てる第一候補、ということを頭に入れて、これからは二人とも動いてください。以上！」

そう言って都知事は「ぱん！」と手を叩いた。

＊

今日はオフィスで一日、報告書を書き、いろいろ調べ物をしていた。

私は文章を書くのが苦手だし、座って事務仕事をするのも嫌いだ。外に出てカラダを動かしたい。だからこそ、田地町のフィールドワークや、夜の鉄スクラップ置き場潜入に付き合ったのだ。フィールドワークに同行するには津島さんの了解を貰っていたが、そのあとの高坂商事潜入については明らかに違法行為なので、やったこと自体、誰にも話していない。

なのに、等々力さんがニヤニヤしてやって来た。

「そろそろ今日も無事に終業だね、上白河くん」

「そうですね」

私は素《そ》っ気《け》なく返事をした。

「あのさ、『あの件』も残業代と、それから特別活動手当てを請求しておいた方がいいと思うよ」

「はあ？　フィールドワークについては、津島さんに了解を取った時点で承認されたと思いますけど」

「そのあとがあるんじゃないの？」

等々力さんは粘着質なジト目で私を見た。

「働き方改革、うちもやらなくちゃ。あのさあ、最近の東大生は官僚になりたがらないんだってね。安月給でコキ使われるブラック職場だって」

「……」

私は等々力さんを無視して、使っていたパソコンを終了させようとしていた。

「おれはいいのよ。もう潰しが利かないから、こういう職場でロクな残業代が出なくても、クビにさえならなければ。しかし君や石川くんのような世代は、それじゃイヤだろ？　将来を考えて、時間外の仕事はきっちり請求すべきじゃないの？」

　等々力さんは、どこまで知ってるんだろう？

「なんかさ、東京の下町にある鉄スクラップの会社に置いてある鉄屑から、高い放射線量が検出されたって件、あれ、君、絡んでるんじゃないの？」

「さあ？　なんのことでしょうか」

　私は、我ながら見え見えな反応をしてしまった。

「おや、あくまでもシラを切る気かな？　なんでもその鉄スクラップをリサイクルした資材を大神宮外苑の再開発に再利用、都知事ご自慢のＳＤＧｓナントカって銘打とうとしたのに、どうやら完全な逆効果で、大失敗の巻ってことになってるって」

　等々力さんはそのネットニュースをスマホに表示させて私に見せた。

「大活躍したんだから、この残業代、請求しておくべきだと思うよ」

　冗談ではない。僅かな残業代と引き換えに公務員としての違反行為がバレるのでは、絶対にワリが合わない。

　どう言ってやり過ごそうかと考えていたとき、私のスマホが鳴った。相手は孝太郎さんだ。

　ああもうこんな時に……と思いながら電話に出ると、とんでもない一報がもたらされた。

「アグネスが、アグネスが連れ去られてしまった！」

第五章　警察が動かないのなら

「連れ去られたって、どういうことですか⁉」

電話を受けた私は孝太郎さんの怒鳴るような声以上に大きな声で聞き返してしまった。オフィスの全員に筒抜けだ。

「店の方が突然騒がしくなってアグネスの悲鳴が聞こえたので、慌てて出て行ったら……店のガラス戸は開けっ放しで、アグネスのサンダルの片方が落ちていて……店の前から車が急発進するところでした」

「車のナンバーは見ましたか？」

「黒いワゴン車だとしか……ナンバーまではとても……もう気が動転してしまって」

途中でスピーカーから音を出したので、通話のすべてを裏官房全員が共有した。

「警察には連絡しましたか？　こちらからも連絡しますが、まずは孝太郎さんから」

津島さんが電話を取り、石川さんがパソコンで何かを調べはじめ……その中で等々力さんだけが、顎に手を置いて首を傾げている。

「とにかく、すぐそちらに行きます！」

電話を切った私がそう言っても、等々力さんは顎に手を当てたまま動かない。

私の視線を感じたのか、こちらを見て「ああこれはね、今、いろいろと考えているんだ。『むっつり右門《うもん》』のポーズ」と言った。なんだその「むっつり右門」って？

「動く前に国重に連絡すべきじゃないのかな。例の、中国秘密警察の日本支部が絡んでいる可能性が高い。もっと言えば、中国政府の仕業《しわざ》かもしれない」

「そんなことより一刻も早く現場に行かないと！」

私は立ち上がったが、津島さんからも「ちょっと待て！」の声がかかった。

「今、警視庁に確認を取った。青井孝太郎から警視庁葛飾署に通報があって現場に係員が急行したそうだ。初動捜査は警察に任せるべきだろう。アグネスが誘拐されたのだとして、それが中国政府絡みなら、我々はその先を考えなければ。等々力くんの言う通り、さしあたり国重から事情を聴く必要がある」

津島さんの言葉を聞いた等々力さんが、だろう？　という顔をして私を見た。なんだか、ムカつく。

「今すぐ国重と連絡を取ってくれ」

私は津島さんの指示に従って国重の携帯に電話し、ここに来て貰うことにした。

国重は、ふだん何をしているのだろう？　不思議としか言いようのない生活を送っているようなのだが、私が連絡すると、三十分も経たないうちにやってきた。

「アグネス・ウォンが中国民主化運動グループの一員であることは、我々も把握しています。リベラルな思想の持ち主であり、さらに母親が日本人であるため、東京の大神宮外苑や下町の再開発の反対運動にも関わっているのです」

やってきて早々、国重は断定口調で言った。

「この誘拐は、手口から考えて、実行したのはドラゴン。指示を出したのは……おそらく、劉です」

「正解を知ってるような口ぶりですな」

等々力さんが信じられないという口調で言った。

「中国秘密警察が動いたという可能性はないと？」

「はい。中国政府は外国政府の主権を重んじます。他国で問題人物の拉致はしません。決してしません。特にこの日本では」

国重は等々力さんを見て、そう言った。しかし等々力さんは疑わしそうに首を捻った。

「ネコが飼い主の食卓から焼き魚を拉致することはない、決してないというレベルの信《しん》憑性《ぴょうせい》ですな」

だが等々力さんを無視して国重は続けた。

「拉致の遣り口やこれまでの経緯を考えると、選択肢は限られます。ドラゴンでなければ反社でしょう。そして彼らの雇い主は、おそらく劉です。こんな荒っぽい手口で彼女を誘拐する動機を持つ者は、現時点で劉以外にいないからです」

「金銭目的で、反社が、という可能性はどうです？」

と、等々力さん。

「それは考えにくいだろうね」

と、今度は津島さんが答えた。

「田地町再開発で移転補償金が出るからそれを奪おうというのなら、まだ青井重太郎さんの『伊勢屋』さんは補償金は貰っていないんだし、そもそも再開発に反対している。再開発自体もまだ計画段階である以上、具体的な補償の話には進んでいない。それに、アグネスさんは立場的には青井家の居候であって、青井さんにアグネスさんの身代金を払う義理はない」

「それでも、ほら、あの映画みたいに……使用人の子供の身代金を雇い主が払う、あの映画」

なおも等々力さんが言ったが、全員が無視した。

「津島さんのおっしゃる通りです。アグネス誘拐の動機があるのは劉です」

国重は津島さんに同意した。

「おそらく劉は、アグネスを中央政府への手土産《てみやげ》にする気です。反体制派の活動家を政府に差し出すことで、地方政府の財政を破綻させた失態を埋め合わせるつもりかもしれません」

そして沈痛な表情で続けた。

「その場合、アグネスの生き死には関係ないかもしれません。アグネスが抵抗すれば、容易に殺害に至る可能性があります」

「津島さん、これは至急警察に連絡して、沿道の監視カメラの映像を見て、アグネスを乗せた車の特定と行き先を調べなければ」

進言する私に、津島さんはストップ、というジェスチャーで手を広げた。

「判ってるよ、それは」

津島さんは電話を取って警視庁の刑事部長に、大至急、葛飾区田地町周辺の監視カメラの映像を調べるよう、依頼した。

「大至急」という号令が利いたのか、ほとんど折り返しで電話が入り、津島さんが受話器を奪い取るようにして電話に出た瞬間、その顔が輝いた。

「そうか！　監視カメラの映像で黒いワゴン車を追えたんだな！」

判った、でかした！　と大声で言って通話を切った津島さんは私たちに言った。

「田地町の商店街から出てきた黒いワゴン車、ナンバーは品川＊＊＊＊だが、そのまま幹線道路の水戸《みと》街道に出ることはなく走行して、塚島《つかしま》交差点を右折した」

それを聞いた石川さんがパソコンでマップを確認して、拡大画像を大型モニターに映し出した。

「塚島交差点を右折すると、その先に街の外に出る道路はありません。中川の河岸に突き当たって、ほぼ行き止まりです。その先には」

マップに、ハッキリと表示されている。道の突き当たりにあるのは、高坂商事だ。

「そして、その後、黒いワゴン車はまったく現れていない。つまり、行き止まりの区域から出て来ていないということだ。所轄署の警官多数が区域内を捜索しているが、当該車両はやはり発見されていない。以上の事実から、当該車両が高坂商事の敷地内に侵入、潜伏しているであろうことが、高い確率で推認《すいにん》される」

津島さんがほぼ断言した。

「あの」

ずっとパソコンで何かを調べていた石川さんが手を挙げて発言を求めた。

「このスクラップ会社『高坂商事』ですが」

一同は石川さんを注視した。

「高坂商事が扱う金属廃材の輸出先のひとつが中国です。その旨《むね》の届出が、通関業者を通して横浜《よこはま》税関に出ています。横浜港で通関して、貨物船で中国に運ぶのだと」

「それは、やはりアレですかね？　放射能を帯びたスクラップを日本国内で販売すると、あとあとひどく面倒なことになりかねない。だから、最初から安い値段で中国に輸出するつもりで集めていたとか？」

等々力さんはそういう裏を読むことに長《た》けている。というか、性格的に好きなのだろう。

「しかし、金属廃材が放射能に汚染されているとしても、それを高坂社長が知っていたのかどうか」

と津島さん。

「いえ、買ったのが高坂社長で売るのも高坂社長なら、当然、知った上での売買《ばいばい》でしょう」

国重はそう言い切った。

「そして、それを知った劉たちが、アグネスも一緒に貨物船に乗せてしまおうと考えたとしたら？」

「スクラップと一緒に移送するというのですか？」

私は驚いた。

「そうかもしれない。アグネスを拉致した車両が高坂商事のスクラップ場に入ったとして、さらに高坂商事は、わけありのスクラップを中国に輸出しているのだから」

津島さんは慎重な口調で考えの筋道を追っている。

「それで問題の、高坂商事のスクラップ置き場ですが」

石川さんがパソコンを操作して、オフィスにある大型モニターに画像を映し出した。それは田地町地区の地図で、高坂商事の敷地が川に面していることが判る。

地図を航空写真に切り替えてズームアップしていくと、積み込み用のクレーンが敷地の奥の、川沿いにあることが判った。その傍《そば》には建屋《たてや》がある。道路に面した部分はスクラップ置き場で、こちらにもクレーンが置かれているのはあの夜に目撃した通りだ。道路側のクレーンは電磁石つきの、屑鉄をくっつけて吊り上げ、落として破壊するタイプのものだろう。どちらのクレーンも画像にはっきりと写っている。

「川に面して貨物船が接岸する施設があります。この川は中川で、上流に行けば新中川、下流に行けば荒川《あらかわ》に合流します。普段から貨物船が行き来していますす」

「そうだったんだ……」

私は驚いた。夜中に忍び込んだが、私たちは貨物船が着く奥の方までは行っていない。ウロウロしているうちに誰かに察知されて逃げ出したのだ。そして鉄屑の運搬には、てっきりトラックが使われるとばかり思い込んでいたが、言われてみればなるほど、重い鉄スクラップは船に積んだ方が一気に大量に運べる。

「今現在、拉致されたアグネスがスクラップ場に監禁されているという直接的な証拠はないが、状況的にはその可能性が高い。さらに鉄スクラップの輸出ということも考えると……」

慎重に言う津島さんに国重が断言した。

「アグネスに関しては密出国になりますが、劉としては、それが最善の方策だと判断するでしょう。さらに放射能を帯びたスクラップ輸出の件で、劉と高坂商事に以前から繋がりがあると考えれば、合理的な説明はつきます」

「劉は高坂社長の弱みでも握っているのだろうか」

そう言う津島さんに、いや、あれはウィンウィンの関係だと等々力さんが答えた。

「強欲な高坂社長がカネに眼が眩《くら》んで潜伏に協力したんでしょう。そういう人物ですよ」

津島さんはなおも躊躇《ためら》っている。

「しかし、ガサをかけて空振りしたら……あの高坂ってオヤジはうるさいんだろ？」

高坂社長を知っている私は頷いた。

「はい。それはもう、すごいです」

「空振りの心配はない、とは思うが」

「確かに、間接証拠は揃っています。しかし津島さん、これ、我々が踏み込むべき案件ですか？　警察がやるべき仕事では？」

面倒な事が嫌いな等々力さんは、早くも回避の動きに出ている。

「もちろん、誘拐の捜査という体裁《ていさい》は取れない。容疑はあくまで廃金属の不正輸出。『高坂商事の家宅捜索』が出来ればいいんだ。急いで警視庁や葛飾署と調整する」

「ということは、警察が正式に動いて、その家宅捜索に我々も付いていくという形ですな」

等々力さんは明らかにホッとした顔になったが、私としては気が気ではない。

「でも、正式に警察が動くまで、アグネスは大丈夫でしょうか?」

「時間はかけない! 私たちも出よう。孝太郎さんと打ち合わせをしなければ」

フライングでもいいから動くぞ、と津島さんは言い、私たちは室長を残してオフィスを出た。

*

私たち裏官房四人と国重は前回とは違うレンタカー会社で車を借りて、田地町の和菓子屋「伊勢屋」に急行した。

孝太郎さんと合流して、すぐにも「現場」に向かおうとした私は、慎重な津島さんに「まあ待ちなさい」と止められた。

重太郎さんも一緒に行く、高坂商事に乗り込むと言い張ったが、誘拐犯からの連絡があるかもしれないし、誰か家に残っていないと困ると警察から強く諭《さと》された。

「あの、アグネス・ウォンは香港人の父と日本人の母との間に生まれ、香港で育ったと資料にありますが、日本に居るはずの母親には連絡を取ったのですか？　警察なら調べてるんでしょう？」

石川さんが、伊勢屋に詰めていた葛飾署の刑事に当然の質問をした。

「はい。アグネス・ウォンの母親については特定しており、連絡も取ろうとしていますが……電話が繋がらないし、係員が特定した住所に訪ねても不在なんです。なので、事実上、アグネス・ウォンの日本での連絡先は、ここ、この伊勢屋ということで」

「香港にいる父親とは連絡を取ってるんですか？」

私が訊いた。

「現在、外務省を通じて連絡を取ろうとしていますが、まだ用件を伝えるには至っていません」

こういう事態なのに、苛立たしいほど対応が遅くないか？　それとも、我々の側に国重がいることを警戒して、すべてを話すつもりがないのか？

いや、それよりも、津島さんが伝えた「高坂商事の鉄スクラップ置き場」に「アグネスが拉致監禁」されていることがほぼ確定したにもかかわらず、警察に今のところ動く気配がないのも奇異に感じる。同じことを重太郎さんも感じているようだ。

「おい孝太郎！　アグネスを無事、無傷で助け出せ！　それが、日中友好の証《あかし》だぞ！」

不可解で煮え切らない警察の態度に苛立った重太郎さんがゲキを飛ばした。

津島さんは我々とは離れて、葛飾署の刑事を呼んでヒソヒソと難しい顔で話をしている。そこに、また一人、刑事が加わった。たしか、警視庁捜査二課を名乗っている刑事だ。私は聞き耳を立てたが、どうも、高坂商事のスクラップ置き場に突入する段取りの相談ではなさそうだ。

聞こえてくる言葉の断片は、「監視カメラの映像ではたしかに」「しかし内偵がまだ足りない」「公判を維持できる証拠が足りない」「まだ裁判所から捜査令状が下りない」「高坂商事の経営状態はたしかに悪いが、だからといって」「これは外交問題になるリスクが」「警視庁《ホンチヨウ》の応援態勢がまだ」という否定的なことばかりだ。

私は国重を見やったが、彼もアメリカ人のように肩を竦《すく》めて「どうしようもない」というポーズをしてみせ、そして私に言った。

「話が進まないのは、日本人ではない私がいるから秘密を話せない、突っ込んだ相談が出来ない、ということではないのだと思います。上から何も下りてこないから、現場としてはどうすることも出来ないのでしょう」

この場の雰囲気を読んで、国重は出しゃばらないように控えめにしている。日本人より日本人的だ。

その時、持参したノートパソコンを観ていた石川さんが声を上げた。

「中川を中型の貨物船が進んでいます！　こちらに接近しています」

石川さんはパソコンを持っていって、その画面を刑事たちに見せた。どうやら東京の水運の、貨物船の動きをプロットするソフトウェアのようだ。

「そりゃそうでしょう。中川は水運に活用されていますから、当然、貨物船は通ります」

地元・葛飾署の刑事は何を当たり前のことを、という様子で答えた。

パソコン画面には複数の船影がある。

「高坂商事に接岸してスクラップの積み込みを始めたら、その時がアグネスを確保するチャンスではありませんか？」

「石川さんの言うとおりです。急がないと。いつ、突入するんですか？」

私が訊くと、地元の刑事と警視庁の刑事は「なんだこの小娘は？」と小馬鹿にしたような目で私を見た。

「だから、まだ決まってないんですよ」

「なぜですか？　アグネスがあそこに居るのはほぼ確実じゃないですか？」

「だが、アグネスを乗せた車が高坂商事に入った決定的な証拠はない」

警視庁の刑事が私を見る目は、完全に私を見下している。

「でも、車がこの地域に入ったと監視カメラの映像が！」

「そんなこと、誰に聞いた？」

「問題なんですか、それが？　こんな無駄な時間を使っている間に、アグネスにもしものことがあったら、あなた方は責任取れるんですか？」

「じゃあキミは、これが外交問題になって中国と揉めたら、その責任を取れるのか？」

刑事の口調がさらに嫌味になり、まるでバカに教え諭すような感じになったので、私は一瞬、言葉も出なくなるほど逆上した。

罵声を浴びせてやろうとしたとき、等々力さんに腕を摑まれて、店の方に引っ張って行かれた。

「落ち着け、上白河。腹が立つのは判るけど」

ようやく我に返ったところに石川さんもやって来た。

「警視庁もね、アグネスを乗せたワゴン車があのスクラップ置き場に入ったことは百も承知です。絶対何か、行動を起こせない理由があるんですよ」

そこに津島さんもやってきた。

「落ち着きなさい上白河君。君が怒る気持ちはよく判る。あの連中の態度はひどい」

津島さんも私を宥《なだ》めた。

「しかしどうも、上から制限というか、ストップがかかってるような気配があるんだ」

「ストップがかかってる、気配？」

津島さんは、黙って人差し指を天井に向けた。国重と同じ判断だ。

「判らんよ。上の、どの筋がどこにどうアツをかけてるのかなんて、そんなことは」

「アレですかね？　どうせ誘拐されたのは外国人だし、しかも反体制の活動家だし、お上《かみ》に逆らう人間というだけで気に入らないし、まあ適当に中国人同士の内紛みたいな感じで放っておこう、が我が政府の本音なんじゃないですかね。ヤクザの抗争と同じく、中国人同士、いくら殺し合おうが構わない、みたいに？」

口を尖らせてそう言った等々力さんだが、国重を見て「しまった！」という顔になった。

「いやいいんですよ。等々力さんのご推察の通りでしょう。日本の警察も政府も、おそらくそういう認識なのでしょう」

国重は冷静に答えた。

「それにしてもこの反応の鈍さは……外務省、とかが絡んでいそうですね？」

石川さんが等々力さんを見て言った。等々力さんは外務省から出向している。

「そうだな。さもありなん、という感じだ」

等々力さんは頷いた。

「金大中《キムデジュン》事件を思い出すな」

ふと見ると、孝太郎さんは座り込んでいる。頭《こうべ》を垂れて、がっくりと肩を落とし……

これは、アグネスを失って悲嘆《ひたん》に暮れているのか？

それを見た私は、動き出そうとする身体を、もう止められそうもない、と思った。

このまま手をこまねいているわけにはいかない。どう考えても、アグネスは、あの高坂商事のスクラップ置き場に連れ込まれているのだ。そして時間が経てば彼女は秘密裏に……今となっては全然秘密裏ではないが……スクラップとともに、川から船で中国に運ばれてしまう。最悪の場合、命の保証は、ない。

警察や日本政府は、もしかすると「時間切れ」を狙っているのかもしれない。「後の祭りだが、仕方がなかった」「極めて残念だが人質は救えなかった」という言い訳をする政府高官の姿が目に浮かんで、私は胸が悪くなった。

そう思って津島さんを見ると……内閣裏官房の中間管理職たる立場にある津島さんは、口をへの字に曲げている。

「あの、津島さん……もっと上の方って、どの辺でしょう?」

津島さんは私の言葉に、頷いた。

「副長官に確認する。……横島官房副長官に」

津島さんはスマホを取り出すと、外に出ていった。そして伊勢屋の外で、眉間に皺を寄せた難しい顔で、何やら話し込み始めた。津島さんはますます険しい表情になり、いえ、だからですね副長官、などと時折大声になっては、ハッとしたように声を潜め、延々、訴え続けている。だが横島副長官が色よい返事をしていないことは傍目《はため》にも判る。

「津島さん、苦戦しているな。だからこれは金大中事件と同じだって言ってるんだ」

等々力さんが再度そう言ったが、その事件を知らない私はどう反応していいのか判らない。

「あ？　金大中事件、知らない？」

訊く前に先手を取られた。

「今は無き情報機関ＫＣＩＡが暗躍していたその昔、日本で政治活動をしていた韓国の野党指導者、金大中氏をＫＣＩＡが日本のホテルから白昼《はくちゅう》堂々、拉致したんだ」

明らかに日本の主権の侵害だな、と等々力さんは言って続けた。

「ＫＣＩＡは金大中氏を公海上で海に放り込んで殺してしまおうとしたんだが、拉致を察知した日本政府が海上保安庁を使った追跡もあって、結局殺害は断念して、氏を韓国に連れ帰った。やがて金大中氏は韓国の大統領になってＫＣＩＡを改組したんだが」

そこまで言った等々力さんは、「その再現をさせるわけにはいかない」と言った。

「そうですね。主権国家としては当然のことです」

国重が明快に言った。

「どうだろうね、諸君」

私たちのそばに、外で電話していた津島さんが戻ってきた。

「腹を括ろう。警察が動かないのであれば、事情を知っている我々が動くしかないだろう」

本来なら慎重な対応を求める立場にいる津島さんが、そう言った。

「知ってしまったことに、目をつぶることは出来ない」

その通りだ。いかにもお役人的な事なかれ主義で、アグネスを見殺しにするなんて、絶対に、出来ない。

「行こうか」

津島さんが、さりげなく外に向かった。

私たち三人と国重は、無言のまま津島さんに従った。それを見た孝太郎さんも黙って立ち上がると、私たちに合流した。

「どうしますか?」

こういう場合、身体を張るのは武闘派の私の役割だ。

「そうだな。相手が火器を持っていたら……いや、当然持っていることを前提に考えるべきだが」

津島さんは考え込んだ。

「府中の倉庫から姿を消した、あの赤いジャンプスーツの女もいるぞ……機動隊の応援は得られないだろうしなあ……」

「でも、こっちには国重さんもいることだし」

石川さんがそうは言ったが……国重だって弾を跳ね返すスーパーマンではない。撃たれたら死ぬ、生身の人間だ。

「そうだなあ。まさか多羅尾伴内《たらおばんない》みたいに、ピストルの弾は避けられないしなあ」

等々力さんがまた私の知らないことを言った。

「まあとにかく、行くぞ現場に」

津島さんが低い声で告げ、私たちは伊勢屋を後にした。

＊

高坂商事の前で、私は何ものかの「気配」を感じた。警官が張っている「気配」だ。よく見ると、周囲の物陰……ビルの陰や歩道に、所在なさげに一人ずつ立っている。見る人が見れば「張り込み」だとすぐ判る。

彼らを無視して高坂商事のスクラップ場に入ろうとすれば、当然止められるだろう。

入口ゲートの一番近くに立っている男に、津島さんが「よっ」と軽く敬礼した。津島さんは元は警視庁捜査二課の刑事だし、今でも刑事部に顔見知りが多い。顔パスでも通してもらえるのかもしれないが、津島さんは一応、張り込み刑事に話しかけた。

「内閣官房副長官室の面々だ。中に入るよ」

高坂商事のスクラップ場は、先日の夜に見た通り、四方を高い金属フェンスに囲まれている。

「とは言っても、このまま丸腰で入っていくのでは話にならない。

「そうとも言える。急を要するので現場の判断を優先させている」

「官邸の指示ですか？」


蛇腹《じゃばら》式の柵で道路側のゲートは閉じられている。中川の方から侵入することは可能だが、ただ入り込むだけでは意味がない。アグネスを救出しなくてはならないのだ。

その時、エンジンの音も高らかに一台の車、というより「車両」が近づいてきた。遠くからでもその存在が判る、超特異な外見の車だ。幅が広く、装飾一切ナシの、防御と戦闘の機能に徹した軍用車両……。

「ハマー？」

首を傾げる等々力さんを、石川さんがちがいますよ、と訂正した。

「ハンヴィーです。民生仕様のハマーは生産中止になりましたが、米軍仕様のハンヴィーは今も生産されて、米軍に納品されています」

ミリオタの気味があるのか、石川さんがトクトクと説明している間に、そのオリーブドラブ色のハンヴィーはどんどん近づいてきた。巨大で、前面はすべて鋼鉄の装甲のような、戦車にも匹敵《ひってき》しそうな無骨な面構《つらがま》えの車両だ。

「あるいは入口を強行突破することになるかもしれないと思ったので、知り合いに声をかけました」

石川さんは少し得意そうに言った。

「この車のオーナーも、いわば実戦でどれだけ役に立つものか、スペックを確認したいそうです」

やって来たハンヴィーは石川さんの前で停まって、運転席からオーナーであろう人物が顔を出した。石川さんのような優男《やさおとこ》だ。線の細いタイプだが、逆にこういう人が戦闘仕様の車を好きになるのだろうか？

「どうも。石川さんの友人の渡井《わたい》と言います。ここですね。このゲートを突破して中に侵入すればいいんですね？」

と、オーナーの渡井さんは無邪気に嬉しそうだ。

「今話を聞きました。ご協力に感謝します。作戦責任者の津島と言います」

津島さんが手を差し出して、二人は握手を交わした。オーナーの渡井さんは「作戦責任者」という言葉を聞いてニヤリとした。

「車の修理代はもちろんこちらで負担しますので」

「戦いのための軍用車両です。ぶちかましてください！　修理代は……けっこう高くつくと思いますけど」

よろしくとハンヴィーのオーナーに頭を下げた津島さんは、さっきの張り込み刑事に向き合った。

「現状では家宅捜索の令状は取れない。しかし、この中にアグネス・ウォンが監禁されていることは間違いない。救出するため許可無く侵入しても、それは『緊急避難』にあたると判断する」

「判断するって、誰がです？」

「私が、だ」

津島さんの返事に、刑事の目がテンになった。

「なんだ、文句があるのか？」

津島さんは俄然《がぜん》、強気になった。

「そうだ。この人の言うとおりだ」

背後から突然、聞き覚えのある声がした。

びっくりして振り向くと、そこには来福軒の大将が立っていた。

「ここの社長の高坂は強欲な極悪人だぞ。欲に駆られて悪事に荷担したに違いない！」

鉢巻きをした頭には包丁を二つ挿《さ》している。

「『八つ墓村』の山崎努《やまざきつとむ》か！」

と等々力さんが言ったが、誰も反応しない。その手には観光地の土産物であることがまる判りの木刀、日曜大工用のノコギリまで持っている。完全な戦闘態勢だ。来福軒の大将は高坂商事の社長とはまさに犬猿の仲だけに、日ごろ重なる恨みを晴らすためにやって来たのだろうか。

大将はいきなり大声で叫び始めた。

「おい、出てこい高坂！　悪党から幾ら貰った？　この金の亡者《もうじゃ》が！　欲たかり！　銭ゲバ！　地獄まで金を持っていく気か？　てめえの会社が左前で借金まみれだからって、魂まで売ったか？　いつもいつも騒音撒《ま》き散らしやがって！　このスットコドッコイが！」

来福軒の大将は大声で喚《わめ》き続け、ついには放送禁止用語まで口走った。

「てめえは心が×××なんだよ！」

罵声が返ってきた。高坂社長の声だ。天敵の挑発に激怒している。

「なんだと、このしがないラーメン屋風情が！　お前は黙ってラーメン茹でて、餃子でも焼いてりゃいいんだ！」

やがて双方放送禁止用語を織り交ぜての、聞くに堪えない汚い言葉の応酬が始まった。

「おれに借金があろうがあるまいが余計なお世話だ！　てめえに借りてるわけじゃねえ」

「そういうとこだよ。高坂、てめえは根性が曲がってるんだ。借金漬けの上に性格が悪い。だから女房にも逃げられたんだ。まさに孤独な晩年ってやつだ。ざまぁ見やがれ」

果てしない舌戦《ぜっせん》の間に、私たちは石川さんが借りたハンヴィーに乗り込んだ。

石川さんは運転を代わるつもりで左ハンドルの運転席のドアを開けたが、軍用車の持ち主は降りようとしない。

「え、キミも行く気?」

石川さんがそう訊くと、ハンヴィーのオーナーは当然のように頷いた。

「これから突撃するんでしょ? こんな面白いこと、そうそう経験できないもの!」

それに、と彼は助手席に置いてあったヘルメットを被った。それにはカメラが装着されている。

「これ、プロも使うGoPro《ゴープロ》です。これからリアルタイムで映像を撮って配信しますんで。僕、私人逮捕YouTuber《ユーチューバー》でもあるんですよ」

え? と驚いた石川さんは、後部座席に乗り込んでいる津島さんを見た。

「いいよいいよ。好きなようにしてもらって」

津島さんは手を振った。

「ダメだと言ったらこの車、借りられないんでしょう?」

津島さんは案外、柔軟《じゅうなん》だ。

「じゃ、一緒に、ぶちかましましょう! ですが、自分の身は自分で守ってくださいね」

待ちなさいと張り込み刑事が制止するのを無視して、津島さんがゴーサインを出した。

「全員、シートベルトを締めて。目指すは、敷地奥の建屋だ! その中に、アグネスがいる！」

「合点《がってん》だ！」

ノリのいいオーナー・渡井さんがエンジンをガンガン吹かしてブレーキを解除すると、米軍仕様の頑丈なハンヴィーはゲート目がけて一気に加速した。

蛇腹式のゲートが目前に迫る！

その一瞬、私は目を瞑《つむ》ってしまった。

ぐわっしゃーん！

派手な音とともに衝撃が私たちを襲ったが、ゲートは木《こ》っ端微塵《ぱみじん》に吹き飛んで、ハンヴィーはすでにスクラップ置き場の中にいた。高坂社長の絶叫《ぜっきょう》が聞こえた。

「何をしやがる！　不法侵入だ！」

「不法侵入だってんなら、警察に電話しろ高坂！　出来ねえだろ！　やれるもんならやってみやがれ！」

来福軒の大将までがいつの間にかハンヴィーに乗っていた！

野積みになったスクラップの向こうにある建屋から、わらわらと男たちが出てきた。ドラゴンのメンバーたちだ。

その先頭には、あの女……赤いジャンプスーツがトレードマークの女が立っている。

「芷琳！　这次不允许有任何错误！」

女に呼びかける男の声が聞こえた。若くはない声だ。

「『芷琳！　今度こそミスは許されないぞ！』と言ってます。声の主は劉かな？」

国重が通訳してくれた。

「芷琳というのがあの女の名前でしょう」

国重は小さな双眼鏡を使って建屋の中を見た。

「劉がいる……連中はやはりここを基地にしているんです」

「中川を大きな貨物船が航行中。こちらに向かっています！　減速しました。たぶん、接岸するんでしょう！」

石川さんが叫んだ。

「よし、今だ！」

津島さんが叫んだ。

私たちは車から降りた。といっても、渡井さんは運転席からGoProを構えてYouTube用の映像を撮っているだけだ。石川さんと等々力さんも車から降りようともしない。それはいいのだ。最初から戦力として当てにはしていない。

しかし、来福軒の大将は木刀とノコギリを構え、津島さんは上着を脱ぎ捨てて腕まくりをしている。

「これでもおれは警視庁の刑事だ！　籍はまだある！　刑事はベテランになっても武闘訓

練を欠かさないんだ！　おれもそうだ！」

が。木刀を振り回した来福軒の大将は、ドラゴンの若い男が投げてきた金属の灰皿が顔面に命中し、鼻血を噴き出して簡単に無力化されてしまった。

「タイムタイム！　老人に手荒な真似はやめろ！」

津島さんが大きく手を振って襲いかかろうとするドラゴンを制止した。大将をハンヴィーに押し込むと、石川さんと等々力さんは野戦病院よろしく大将の手当てを始めた。

私たちは体勢を立て直すために、いったんハンヴィーの車内に戻った。

奥の建屋から、豊かな黒髪をオールバックにした小太りの男が出てきた。赤坂の公園の監視カメラに映っていた、あの男・劉だ。

劉が何か怒鳴った。

「アグネスは中国人だ。中国人同士の事に、日本人が関わるな！　それは内政干渉だ！

……と言ってます」

国重が通訳した。

「あの時のＫＣＩＡの言い分そのママだな……たぶん」

等々力さんが言った。

「頼む！　アグネスが無事なら、顔を見せてくれ！」

孝太郎さんが叫ぶと、劉の手下が建屋から誰かを連れてきた。

アグネスだ。血の気の引いた顔は憔悴《しょうすい》している。誘拐されたのだから当然だろう。

その時だった。

突然、ハンヴィーに衝撃が走って、ふわりと宙に浮いた。

窓外を見ると、私たちが乗ったハンヴィーが空を飛んでいる！

「うわわ！」

車の外から悲鳴が上がった。車外にいた孝太郎さんが、車の窓にぶら下がっている。彼だけが、車の外でボディに縋《すが》りついているのだ。

窓から頭を出した私が上を見ると、ハンヴィーの屋根には巨大な円盤が貼り付いていた。円盤からは異様な、唸《うな》りのような音が聞こえている。ハンヴィーはその円盤ごと、スクラップ置き場のクレーンに持ち上げられてしまったのだ。

「大変です！　鉄スクラップを持ち上げて落とす、あの電磁石に吊り上げられています！」

私が叫ぶと、ハンヴィーのオーナーも悲鳴を上げた。

「ＧｏＰｒｏが壊れた！　生配信できない！」

「ノートパソコンもダメです！」

と石川さんも叫んだ。強力な電磁石の磁力で、電子機器が動かなくなったのだろう。

次の瞬間、私たちはお互いに顔を見合わせた。

なおもハンヴィーはぐんぐん持ち上げられている。このクレーンはかなり大きい。二十メートルとか三十メートルは軽く持ち上げられるのではないか？

敵は、この車を高く持ち上げて、落下させる気だ！　そんなことになったら……私たちは……。

「飛び降りましょう！」

「我々はいいが……大将が……」

飛び降りたくない等々力さんが言った。

「判った！　えーい、こうなったら！」

外から車にぶら下がっていた孝太郎さんが声を上げ、次の瞬間、なにか叫びながら窓から手を離した。

ハンヴィーはまだそんなに高く持ち上がっていなかったとはいえ、数メートルくらいの高さはあった。そこから孝太郎さんは飛び降りて、地面に転がった。

それを見た国重は自分も飛び降りようとしたが、津島さんが邪魔になってすぐ外には出られない。しかし……私はドアのすぐ傍に座っていた。

下を見ると……落ちた衝撃でしばし動けなかった孝太郎さんが、なんとか起き上がって走り出していた。

ドラゴンの一員が電磁石をぶら下げたクレーンの操縦席にいる。孝太郎さんは、その男を襲おうとしているのだ。だが操縦席の周りにも、ドラゴンがいる。このままでは、孝太郎さんもたちまちノックアウトされてしまう！

「えええええええい！」

私も覚悟を決めた。声を上げながらドアを開けて、飛び降りた。

孝太郎さんが降りたときより数メートル高くなっていた。私はかろうじて積み上げられた鉄骨を避けたが、地面に落ちて跳ね返り、山になった鉄骨の角に身体をぶつけた。そのあとドサッと地面に転がり落ちた。そこが柔らかい土で、コンクリートでなかったのは幸いだった。

前に傷《いた》めたアバラが痛い。しかしそんなことで怯《ひる》んではいられない。

私は起き上がって走った。孝太郎さんの援護をしなければ。ドラゴンたちが群がってきた。私はそいつらに対峙した。

次の瞬間、襲いかかってくるそいつらの腕をへし折っては突き飛ばし、足を払っては転倒させ、後頭部に蹴りを入れて失神させ、顔面にも正拳突《せいけんづ》きをして次々に無力化した。我ながら鬼神のような戦いっぷりだ。さすがにドラゴンたちの腰が引け、彼らは私と孝太郎さんを遠巻きにした。

「今よ！」

私の声に弾かれたように孝太郎さんが動いた。まさに決死の覚悟、という面持ちでクレーンの操作台によじ登り、操縦席のドラゴンを突き飛ばして操作台を奪った。奪われまいと抵抗するドラゴンに、孝太郎さんは渾身の頭突きを繰り出して相手を操縦席から突き落とした。たぶん彼は生まれて初めて人に危害を加えたのではないだろうか？

操縦席に座った孝太郎さんは、吊り上げられたハンヴィーを地上に降ろそうと、必死に機器の操作を開始した。しかし……。

ゲームセンターのクレーンゲームのようなわけにはいかなかった。レバーを間違えて、逆にハンヴィーを一気に、十メートルくらい引き上げてしまった。

ハンヴィーから、等々力さんの悲鳴が響いた。

焦った孝太郎さんが別のレバーを操作すると、ハンヴィーはぐんと下がって地上からの距離が五メートルくらいになった。

やれやれと思ったら、今度はクレーンがぐるぐると回転を始めた。ハンヴィーは遊園地の回転ブランコのようにぶーんと遠心力で振り回されている。

早く止めないといけない！　ハンヴィーの天井と電磁石は磁力でくっついているだけなのだ。遠心力が勝つと弾き飛ばされて、ハンヴィーはハンマー投げのハンマーのように宙を飛ばされてしまう！

「うわ〜！　やめろ！　助けてくれ！」

車内からは等々力さんやハンヴィーのオーナーの悲鳴が響き渡っている。

だが一番焦っているのは、孝太郎さんだ。初めて扱う「重機」で操作法が判らない上に焦っているので、余計なことばかりしてしまう。

私は、ドラゴンたちを倒しながら、なんとか操縦を代わらなければ、と思った。陸自にいた私なら多少、重機の操縦の経験がある。

しかしドラゴンたちがなおも襲ってくる。全員を仕留めて動けなくするしかない。

私たちの苦境を、劉は笑いながら見ている。そして……その傍らには、例の赤いジャンプスーツの女・芷琳が腕組みをしながら立っている。

「孝太郎さん！　レバーに書いてある表示をよく読んで！　上下とか左右とか開放とか、書いてあるでしょう！」

孝太郎さんは滝のように脂汗《あぶらあせ》を流しながら必死に操作を続けている。ハンヴィーを振り回す動きはなんとか止まった。しかし、次の瞬間、信じられないことが起こった。

交流電磁石独特の唸りが消えた。

操作ミスか誤動作か、電磁石からハンヴィーが離れてしまったのだ。

「シートベルトは大丈夫か！」という津島さんの叫び声がした。

地上から五メートル程度の高さではあったが、一瞬、宙に浮かんだ鋼鉄製のゴツい車・ハンヴィーは、そのまま地上に落下した。

ずん！　と大きな音がした。

私は思わずぎゅっと目を瞑ったが、しかし頑丈な軍用車両だったのが幸いした。

ハンヴィーは壊れもせず、乗っていた一同は全員が顔面蒼白《そうはく》になっていたが、「何やってんだよ〜！」と等々力さんがブーイングをしたので命に別状はないようだ。

だが孝太郎さんはこの大失敗にもめげず、なおもクレーンを操作し続けようとした。

「孝太郎さん、もう降りて！」

私は叫んだが、彼はなおも必死になってレバーを操作している。

クレーンの電磁石が再び唸りを上げた。怪音を発しつつ、スクラップ置き場の鉄屑を大量に吸着して一気に持ち上げた。

なんだ？　何をする気だ？　と私が驚いていると、孝太郎さんはようやく操作に慣れてきたのかクレーンをそこそこ上手く操縦して、鉄屑を目一杯吸着した円盤を、ドラゴンたちのほぼ真上に差し回した。

突然落ちてきた暗い影に、ドラゴンたちが驚いて上を見た瞬間、電磁石の唸りが、消えた。

数トンもの鉄屑が雨あられと地上に降り注いだ。

悲鳴をあげて逃げ惑うドラゴンたち。

下敷きになった者はいなかったが、逃げたその先に鉄屑が落下して激突したり、足を直撃されたりと、阿鼻叫喚《あびきょうかん》の修羅場《しゅらば》となった。

孝太郎さんは、鉄スクラップを武器にして戦おうとしているのだ。

だが、まだ思い通りには操縦できないので、無駄な場所にばかりスクラップを落としてしまう。

とはいえ。

怪我《けが》の功名《こうみょう》と言うべきか、孝太郎さんが振り回したクレーンのアームに付いている巨大な電磁石が、ドラゴンが持っている拳銃やサブマシンガンなどの火器を吸着した。磁力で宙を飛んだ火器と激突して弾き飛ばされた者もいる。

飛び道具をほとんど失ったドラゴンたち多数が、負傷して地面に倒れていた。

赤いジャンプスーツの女・芷琳は、劣勢を見てとったのか、切り札とばかりに建屋の奥からまたアグネスを連れてきた。

アグネスは危害こそ加えられていないようだが、身体の前で手錠をかけられ足元もロープで縛られて、自由に動けなくされている。

「これ以上、私たちの邪魔をするなら、この女を殺すよ！　こっちはこの女を黙らせればいいんだから、殺してもいいんだよ！　生かして本国に連れ帰ろうとしているのは温情だと思いな！」

「それは誰からの指令だ！　放射能を帯びた鉄屑を買い叩けと指令を出したのは本国政府か!?」

そう叫んだのは、国重だ。ハンヴィーから降りて、いつの間にかすぐそばに来ていた。

「よく聞け芷琳。お前のボス・劉は腐敗しているぞ！　日本でも汚い手を使って金を増やそうとしているが、もはや党はそういう腐敗や不正を許さない。先がないボスにいつまでもついていると、お前の身も危ういぞ！　劉は保身のためなら自分の親だって売るだろう！」

それを聞いた劉は身を翻《ひるがえ》し、アグネスを連れて建屋の中に姿を消した。

川からは、貨物船のエンジン音がさらに近づいてきた。そろそろ接岸するのか。

国重は、ゆっくりと赤いジャンプスーツの女・芷琳に接近した。

彼女は、微笑みを浮かべた。もしかして、ボスの劉を見捨ててここで寝返るのか？

と、思った次の瞬間。彼女はジャンプスーツの胸元のジッパーを素早く開いた。中から取り出した大きなナイフを国重めがけて一直線に投げた。

光る軌跡《きせき》を描いて飛んだ刃物が、国重の太腿《ふともも》に命中した。

「抜くんじゃないよ！　抜くと出血多量でお前は死ぬ」

女が笑った。

不覚にも国重は無力化されてしまった。

こうなると、私しか残っていない。

芷琳が私に向き合って、構えた。タイマン勝負をする気だ。

手下たちはすでに全員が動けなくなっている。劉は戦力にならない。だがそれはこちらも同じだ。国重は手負いになっているし、他の面々は戦闘員ではない。津島さんも正直、現役とは言い難《がた》い……。

先手は芷琳が取った。たたたっと走ってくるや、私に跳び蹴りを仕掛けてきた。しかし私は体《たい》をかわしてその足を摑むと、捻った。

芷琳はすぐに体を捻り返して自由になった。全身のバネを使って私を蹴り、後ろに一回転して着地したかと思うと、体勢を立て直して再び私に突っ込んできた。

女の顔面めがけて蹴りを入れようとしたが、今度は私が足を取られて、組み伏せられてしまった。

芷琳は、胸元から二本目のナイフを出して素早く突き出してきた。

寸前で躱《かわ》して逃《のが》れた私は、女の腕を摑んで刃物を奪い、同時に後ろに飛びすさった。

ほとんど曲芸をしているような感覚だが、そうでもしないと殺《や》られてしまう。

前進すると同時に刃物を高速で何度も突き出して、私は女に致命傷を負わせようとした。一刻も早く動きを止めないとこちらがやられる。

しかし芷琳も、落ちていた鉄の棒を素早く拾って私に投げてきた。地面には、孝太郎さんがクレーンから落とした鉄屑が無数に転がっている。まさに武器の宝庫状態なのだ。

私もナイフを棄《す》て、代わりに鉄の棒を拾ってぶん、と振り回し、槍《やり》のように投げた。

さらにもう一本、拾い上げた鉄の棒で、相手と剣のように切り結んだ。いや、切り結ぶのではない。相手を鉄の棒で殴ろうとしているのだ。

しかし、勝負はつかない。互角の勝負がそのまま延々と続き、お互い、息が切れて、肩を上下させつつ睨み合う状態になった。

じりじりとより有利な場所に移動しようと、私はゆっくりと動いた。

が。

鉄屑の中に落ちていた、丸い金属パイプに足を滑らせてしまった。

「あっ！」

後ろに倒れた私は、鉄屑の山の窪《くぼ》みに見事に背中がハマり、動けなくなった。

悪魔のような笑みを浮かべた芷琳が、ゆっくりと近づいてきた。手には先端が尖った鉄の棒を持っている。それで私の胸を突き刺そうというのだ。

……私は、覚悟した。

が、しかし。

突然、視界から芷琳が消えた。足を進めつつ踏んだ鉄板のたわみで他の鉄屑が崩れて、彼女の周りに落ちてきたのだ。彼女も私同様、そのまま動けなくなった。

芷琳は必死にもがいて体勢を立て直そうとしている。だがそれが逆に鉄屑の山をさらに崩すことになり、体がどんどん埋もれてゆく。

チャンスだ！　しかし、私も動けない。

その時、突然「おい、高坂」と社長に呼びかける大声が聞こえた。

あれは、来福軒の大将の声ではないのか？

＊

これはマズい！

石川は焦り、来福軒の大将を、必死で止めようとした。

「ダメです！　今出て行くのは危ない！」

来福軒の大将を石川は必死に止めたが、大将は耳を貸さず、石川を突《つ》っ撥《ぱ》ねた。

「邪魔してくれるな。ここはどうでもおれが出ていかねばならん！」

大将はそう言って石川の腕を撥《は》ね除《の》けると、車から降りて敷地の奥の建屋に向かってズンズンと足を進めながら、高坂に名指しで呼びかけた。まるで果たし合いに来た素浪人《すろうにん》だ。

「おい、高坂。思えば、おれとお前は、同級生だよな。ウチはしがないラーメン屋だったが、オマエんとこは戦争が終わってすぐ、時流を見てこのスクラップ屋を始めて……あの頃は空襲で瓦礫《がれき》になった街からも軍からも、どっさり鉄屑が集まって、隣にあった製鉄工場の電炉で溶かしてまた鉄にして……お前ンとこは羽振りがよかったよな！」

　大将は唐突《とうとつ》に昔話を始めた。

「中学に進んでも、おれとは仲がよかったよな。お前んちは近所中から嫌われていたのに。それでもお前のおやじさん、ウチからはよく出前を取ってくれてな、十人前とか。息子が世話になってるからって。運ぶのに苦労したけどよ」

　来福軒の大将はどうして昔話を始めたのか？

　石川は理解出来ずに首を傾げた。

　さっきまで高坂社長をキツい口調で糞味噌《くそみそ》に貶《けな》していたのに、今は懐かしさに溢れた優しげな口調だ。老人の考えるところが、理解出来ない。

「お前んちは金持ちだったのにお前は高校進学を許されなかった。おやじさんが因業爺《いんごうじじい》だったからな。屑鉄屋に学問はいらねえって。おれは高校に行った。商業だけどな。そこでレイコと知り合った。簿記の成績のいい女だったよ。おれはあいつと付き合って、一緒になるつもりだった」

　ここでそれまで声だけで姿を見せなかった高坂社長が建屋からいきなり現れたので、石川は驚いた。大魔神のような怖ろしい顔が真っ赤になっている。

　その大魔神・高坂は渾身の大声で怒鳴った。

「レイコのことは言うな！」

「言わずにいられるかよ。おれは惚《ほ》れた女をお前に取られたんだ。もちろんレイコには訊いたよ。どうしてなんだ？　どうしてあいつなんだ？　と。レイコは言ったんだ。あの人は可哀想《かわいそう》な人なの。私が付いていなくては駄目なの、あなたは私がいなくても、幸せになれる人よって」

来福軒の大将の声が震えた。

「……諦めるしかなかった。あいつは、あいつ自身の意思で高坂、お前を選んだんだ」

「レイコがそんなことを……おれが無理やりやっちまったからおれの嫁になったとばかり」

「馬鹿野郎！　女を舐めるのもいい加減にしやがれ。カラダの相性なんかじゃない、あいつは心の目でお前を見ていたんだ。根性がひん曲がっていてみんなから嫌われる、そんなお前が可哀想だったんだとよ。馬鹿な女だ。ほんっとうに馬鹿な女だ」

「悪く言うな！　おれの女房だぞ」

「女房だった、だろ？　レイコをさんざんぶん殴って暴言吐き散らかして、サンドバッグにしてひどい目に遭《あ》わせ続けたのは高坂、お前だ。それがお前の愛情なんだよ。それしか知らねえんだよ。お前のおやじさんがお前をぶん殴って育てたように」

「出て行っちまった女の話はするな！」

高坂社長の声には悲鳴が混じった。その顔は怒りの上に動揺が重なって、歪《ゆが》んでいる。

いつまで続くか判らない老人同士の昔話の間に、石川はレイと芷琳の姿を探した。二人とも鉄屑の山にハマったまま、対決しようにも動けなくなっていた。だが、音を立てないようにレイを助けに行くのは不可能だ。高坂のそばにはまだドラゴンの残党がいて、こちらを監視しているからだ。

「で、高坂、今だから教えてやるが、レイコを逃がしたのはおれだ。あいつ、泣いてたよ。ずっと傍で支えたかった、でももう無理だって。不渡り出しそうになったお前はレイコをさんざん小突き回して、ひどい言葉で罵《ののし》ったそうだな。全部お前のせいだ、お前はとんだ下げマンだ、ハズレの女房をもらっちまったと。おまけに、レイコが子どもがわりに可愛がっていた文鳥まで逃がしやがった。あいつの心はそれで折れたんだよ」

「いやはや、ひどい話ですね」

さすがに石川も聞いて呆れている。

「まあ……そういうものが夫婦だと思っている人たちも、まだまだ多いからね」

津島も諦めたように言ったが、人の不幸話が大好きな等々力は目を輝かせている。

「いや、実に興味深い」

しかしこの展開は一体……と、全員が顔を見合わせた。老人たちが何を考えているのか全然判らないのだ。だが裏官房の面々の困惑《こんわく》をよそに、来福軒の大将はなおも高坂に語りかけている。

「おい高坂。お前はずーっと勘違いしたままだが、お前、一度でもレイコの見舞いに行ったのか？　余命宣告されたからおれが病院を教えてやったのによ。自分を棄てたとレイコを逆恨みしやがって。おれは見舞いに行ってたんだよ。死ぬ間際にも。それでおれは、聞いたんだ」

「爺さん二人が何を考えてるのか……判らん」

等々力までもが今は呆れている。

「よく聞け！　レイコはやっぱりお前に惚れてたんだぞ！　死に際にもまだ言っていた。『あの人は可哀想な人よ。傍でずっと支えてあげたかったけど、それができるのは私しかいないとも思ったけれど、逃げるしかなかった』って、泣いてたんだぞ！」

それを聞いた高坂社長の顔が歪んだ。

「あの人のことを気にかけてあげられるのは、もうあなたしかいない、ってレイコはおれに言った。だから頼みます、あの人をって、それがあいつの遺言《ゆいごん》だ。だからおれは今、こうしてお前に話してる……まったく、なんて……なんて馬鹿な女なんだ……」

来福軒の大将は涙声になっている。だが、高坂はそれにも暴言で応えた。

「てめえ来福軒、死人に口なしと思って出鱈目《でたらめ》ばかり言いやがって！　黙れ！　黙りやがれ！」

怒鳴ったが、その声は震え、気持ちが、明らかに揺れている。

その時……。

近くで鉄屑が動く音がした。

音の出るところを目で探すと……それは芷琳だった。老人ふたりが言い争っているのに油断したフリをして、あの女は身体を動かして鉄屑の穴を広げて自由になろうとしていた。

まずい。このままではレイがやられる。レイは芷琳より深く廃材にはまりこんでいて動けそうもない。

石川は、なんとかしなければと焦ったが、彼も下手には動けない。彼が動くとドラゴンの残党も復活して動き出すかもしれない……。

老人たちの罵り合いは、なおも続いている。来福軒が泣きながら怒鳴る。

「このクソ野郎！　レイコを殺しやがってよう。おまけにテメエはハシタ金に目が眩んでこの街まで、いや国を売ろうっていうんだな！　見下げ果てたウジ虫野郎が！」

「だあれがそんなことするってんだ！　鉄屑は売ってもこの街は売らねえ！」

「そうか？　お前、会社がピンチだから、このスクラップ置き場を売ってマンションにしようって話が前にもあっただろ？　そん時はお前が強欲すぎて金額が折り合わなかった。だから今の再開発も、どうせお前は金額を吊り上げるだけ吊り上げて、高値で売り飛ばそうって算段だろ！　さすがクレーン使いだ。吊り上げるのはお手のものってな」

「利いた風なことを抜かすな！　こう見えてな、オレはこの街を愛してるんだ！　カネのためにここは売らねえよ！」

「鉄屑と一緒に魂も売る野郎が、何言いやがる！　放射能まみれの安い鉄屑を中国に売りつけてるくせに！」

「うるせえよ。中国だって買い叩いてきたんだから、オアイコだ！　これは商売だ！」

「鉄屑だけじゃないだろ？　中国に尻尾《しっぽ》振りやがって、アグネスさんまで売り渡す気だろうが？　この守銭奴《しゅせんど》！　シャイロック！　銭ゲバ！　裏切り者の売国奴《ばいこくど》がっ！」

語彙《ごい》が豊富な来福軒の大将が繰り出す罵詈讒謗《ばりざんぼう》に、ついに高坂社長が完全にキレた。

「おれはおれはおれは……売国奴じゃねえっ！」

怒り狂った高坂が走り出すのと、芷琳が両腕を突っ張って、ずるりと鉄屑の穴から上半身を抜き出すのはほぼ同時だった。

「レイさん！　危ない！」

石川が思わず怒鳴ったが、レイはまだ身体を動かせる状態ではない。

まずい。このままだと芷琳がレイを殺してしまう。

石川はどうすることも出来ないまま恐怖に固まっていたが、その時、「ええいくそ！　退《ど》け！　退きやがれ」という叫びを聞いた。

見ると高坂社長がクレーンの制御席から孝太郎を突き飛ばしていた。孝太郎を退かした高坂は慣れた手つきで重機のレバーを握った。

どうするんだ？　高坂社長は、この万事窮《ばんじきゅう》すの局面で、どっちにつくのだ？

カネか？

正義か？

固唾《かたず》を呑む一同の前で、高坂社長はクレーンを巧みに操作し、唸りを上げる電磁石に鉄屑を大量に吸着させた。そして芷琳とレイの上にそれを移動させた。

「社長！　やめろ！」

石川と等々力が叫び、来福軒の大将も叫び、津島もハンヴィーのオーナーも叫んだ。

一方、芷琳は、完全に鉄屑の山から抜けだして仁王立ちになり、まだ穴の中にいるレイを見下ろした。

そして……手近にあった尖った鉄の棒を拾うと、握り直した。

その時、電磁石の唸りがふっと消えた。

次の瞬間、大量の鉄屑が音もなく円盤を離れた。

数トンの鉄屑が、落下してゆく。

ドンガラガラガッシャーン！　と凄《すさ》まじい音がヤードに響き渡った。

*

私は、死んだ。

と、思った。

しかし、生きている。

腕を引っ張られて、鉄屑の穴からかなり無理やり、引《ひ》き摺《ず》り出された。引っ張っているのは等々力さんと石川さんだ。

これは……。

近くで、女の呻《うめ》き声が聞こえた。

芷琳の声だ。私が無事ということは……芷琳が？

鉄屑は、芷琳の上に降り注いだ。あの女は、新たな鉄屑の中に埋まっていた。

「私は大丈夫。向こうのほうが大変よ」

私は声を上げた。

津島さんやハンヴィーのオーナーたちが、鉄屑を掻き分けて、芷琳を助け出した。

彼女も生きていた。怪我はしているが、意識はあるようだ。

高坂社長はこれまでに培《つちか》ったクレーン操作の腕で、彼女を殺さず、だが動きは止めるように、鉄屑を落としたのだ。

「お前ら！　アグネスを助け出せ！」

津島さんの号令が飛んだ。

高坂商事の外から待機していた警官隊がわっと入ってくると、奥の建屋に向かった。

だが、鉄屑の山から引き摺り出された私が見たモノは……。

劉がアグネスを連れて逃走する姿だった。

建屋から川に向かって簡易的な渡り通路が設けてある。アグネスの腕を摑み、引き摺るようにして走る劉はその通路を通って、接岸した貨物船に乗り移ろうとしている。

が、そこにたたたたっと迫る足音があった。二人を追って走っているのは……孝太郎さんだった。

追いついた孝太郎さんが狭い渡り通路上で、劉にタックルした。

次の瞬間、渡り通路にアグネスだけを残して、二人の姿が消えた。

バシャンバシャンという水の音がした。

「二人が川に落ちたぞ！」

津島さんが叫んだ。

「救助しろ！」

警官隊がどやどやと貨物船に乗り移った。

私のところからは見えないが、中川に落ちた孝太郎さんと劉を助けようとしているのだろう。

渡り通路から助け下ろされたアグネスは、ヤードに座り込んでいた。

アグネスは、助かったのだ。

エピローグ

　劉とその一味は略取・誘拐罪、外為法違反《がいためほう》、騒乱罪、凶器準備集合罪などなどの夥《おびただ》しい罪状で、警視庁に逮捕された。そして中国政府からの干渉や抗議もまったくなかった。劉が政府主流派に属していればまた違った反応があったのだろうが、中国政府が現在、撲《ぼく》滅《めっ》の対象にしている汚職で私腹を肥やしていたのだから、見棄《みす》てられたのは当然か。

　ほとんど現行犯逮捕だったので、「中国警察日本支部」の出る幕もなかった。現場には国重もいたが、彼は警視庁と葛飾署による犯人逮捕に、妨害するどころか協力したのだ。

　そして次に火を噴いたのは五井地所をめぐるスキャンダルだった。劉一味の逮捕と田地町再開発計画の繋がりが明るみに出るに及んで、「週刊文秋」はそれまで寝かせていたネタをリリースした。「五井にまつわる不穏な噂／『あの』不審死被害者と大神宮外苑再開発を結ぶ黒い中国マネー」という見出しがデカデカとネットニュース、新聞の紙面、そして電車内の中吊り広告を飾った。各局ワイドショーも、ここぞとばかりにこのスキャンダルを後追いした。

その「スキャンダル」とは、漆原功の死に関することだ。

地上げの仕事に関わって五井地所の裏側を知り尽くしていた漆原は、それまでの強引な手口をすべて暴露すると五井地所を強請《ゆす》った結果、もっと大きな闇の力の逆鱗《げきりん》に触れてしまった。その結果、漆原は永遠に黙ることになった。

見せしめのための残酷な殺し方と、奇妙な事後処理。転落死した死体をベッドに寝かせるという、明らかに不自然な状況にもかかわらず警察にまともな捜査をさせず、自殺として処理させたことが、漆原のような反社と繋がる人間たちへの強烈なメッセージとなったのだ。

さらに駄目押しとして「闇の力」は、およその経緯を知っていた漆原の当時の同棲相手・晴美の口も封じようとした。政治家志望の高級官僚が、お目付役として彼女と結婚したのだ。だがその官僚は本気で彼女に惚れていた。結婚とバーターで政治家になり、順調に出世して政権の中枢に入るようになり、その有能さが誰の目にも明らかになったところで、事態が変化した。彼女と結婚後、総理大臣補佐官にまで出世した彼が与党内部の政争に巻き込まれ、政権に対する攻撃材料にされたのだ。過去の不審死事件が蒸し返された理由もそれだった。

そして「週刊文秋」にそのすべてを洗いざらい喋ったのは、大神宮外苑再開発プロジェクトの責任を一身に負わされた馬場崎だった。

「皆さん、今日はお忙しいところをわざわざお呼び立てしてごめんなさいね」

事件が終息して数日後、私たち内閣裏官房、副長官室の全員が東京都庁に呼ばれた。

都知事室で私たち五人は三池小百合都知事と向き合っていた。都知事の傍には秘書の太刀川さんが控えている。

「今、週刊誌を騒がせている例の問題だけど」

例の問題とは「大神宮外苑再開発事業」のことだ。

「せっかくこの件で皆様とご縁ができたのですから、お願いしたいことがあるのよ」

都知事が我々にお願い、という予想外の話に私たちは戸惑ったが、要するに、私たちに総理官邸との橋渡しをしてくれという依頼なのだ。ならば御手洗室長と津島さんだけでいいはずだが、なぜか私たち全員が呼ばれた。

「わたくしとしては、この際、みのり銀行を通じて中国の汚職官僚と繋がりのあった五井に、再開発プロジェクトから外れてもらおうと考えています。週刊誌の報道もありますし、このままでは、わたくしまでが痛くもない腹を探られかねないでしょう?」

「なるほど。都知事としては、五井を切りたいのですよね?」

御手洗室長が、静かな口調で言った。

「ならば、そうなさったら如何《いかが》ですか」

「御手洗さん。聞くところによると、あなたは現役時代、警察を代表して政界トップと渡り合ってきたそうですけど、さすがね。そういうことをポンと言うところは」

御手洗室長と都知事は、今回が初対面だ。

「失礼ながら、私はまだ引退しておりませんので……確かに警察庁は定年で辞めましたが、内閣官房副長官室は隠居部屋ではありませんのですよ」

雲行きが怪しくなってきたのを素速く察知した津島さんが、そこで助け船を出すように割って入った。

「しかしあれなんですよね、私も聞くところによると、総理官邸の方から、この東京都庁にも、いろいろな横槍が入っているとかいないとか」

「ええ、それは入っております。五井と繋がりの深い、エラい先生から」

都知事はあっさりと「圧力の存在」を認めた。

「どなたかはいちいち申し上げませんけど、センセイが仰るには、そんな週刊誌の記事なんぞにいちいち反応することはない。大神宮外苑再開発はなんといっても大事業なのだし、それが出来る体力があるのは五井だけだ、それを忘れるな、と、ほとんど恫喝《どうかつ》……は言い過ぎよね。まあ、そんなようなことを言われました」

「それだけではないでしょう？　どなたかは存じませんが、そのエラい先生は言ったんじゃありませんか？　言うことを聞かなければ、これからは東京都のやる事にいちいち邪魔をしてやるとか、国から金を出さないとか、次の知事選に対抗馬を擁立《ようりつ》するとか、いろいろと？」

「そうね、言われました」

都知事は笑って誤魔化《ごまか》すのではなく、ハッキリと認めた。それだけ業腹《ごうはら》なことだったのだろう。

「都知事。もしや、五井の過去の不祥事について何もかもを週刊誌に暴露させたのは、都知事のご意向だったのではないですか？」

室長が依然《いぜん》として穏やかな口調で、世間話でもするようにさらりと言った。

「私の見るところ、おそらく全責任を負わされた、あの五井の若い社員が」

「馬場崎でしょう？」

等々力さんが横から口を出し、室長が頷いた。

「そう。その馬場崎氏です。たぶん彼に美味しいアメでもしゃぶらせて」

「まあ、下品な表現をなさるのね」

都知事は驚いてみせた。

「失礼しました都知事。しかし普通、ああいうふうに公衆の面前で叱責《しっせき》し、大きな失敗の責任を取らせる場合は、あらかじめ交換条件を出して納得させた上での、言わば出来レースであることがオトナの遣り口ですがね」

　それに対して都知事はまさにオトナの対応をした。

「まあそうね、わたくしも立派なオトナでございますけれど……わたくしのまさに右腕というか、まあ懐刀《ふところがたな》とも言うべき、こちらの太刀川さんが、わたくしより、もっとオトナですので」

　都知事のそばに立っている太刀川秘書が、恐縮です、と一礼し、等々力さんがそこで、

「裏でどういうお話があったかは知りませんが」と口を出した。

「今の状況ですと、都知事はいわゆる『巨悪』に圧力をかけられて都政を混乱させられている、さしずめ可哀想な被害者ですね。あの週刊誌の記事も、まさにそういう論調になっている」

　等々力さんは続けた。

「都知事。マスコミを味方に付けたあなたは、今や鬼に金棒、もう、そんな耄碌《もうろく》しかけた政治家の言うことを聞く必要もないのではないのですか?」

「あらあら。わたくしはいつからそんなマーベルの勇者みたいなことになったのかしら?」

　笑みを浮かべていなそうとする都知事に、だが等々力さんはなおも言《い》い募《つの》った。

「ハッキリ申し上げましょう。常に時の権力者にスリ寄り続け、風を読み、必要とあれば

乗り換えることで現在の地位を築いたあなたが今、スリ寄るべきは誰か。東京都民。それ以外にないでしょう？」

　等々力さんは、なんだか突き抜けたことを言ってしまった感じだ。室長と津島さんは「え？」という驚きの表情を浮かべて顔を見合わせている。

「わたくしがスリ寄る？　スリ寄って今の地位を築いた？」

　都知事の顔から笑みが消えた。だがすぐに感情を抑え、にこやかに言った。

「……そう言われている事は承知しています。ですが、わたくしは政治家として、ナニを言われようと、別の次元を考えているのです」

「別の次元とはなんです？」

　なおも等々力さんは食い下がる。

「別の次元……次のステージと言ってもいいわね」

「それは都知事として再選されることですか？」

「まあ、そういう捉え方をして貰ってもいいわ。わたくしは、再選されたら、東京を、世界に冠たる、自然と文明が調和する都市にしていこうと……」

　都知事は高邁《こうまい》な理想を語り出した。

「都会の喧噪《けんそう》の中にも、自然を感じさせる景観を創成する、再開発をしたいのです」

　それはとてもいい、と私なんかは素直に共感した。

「このコロナ禍《か》で分断された人々の間に絆《きずな》を取り戻します」

それもいいと思う。

「また国籍、人種を問わずに、努力して、その努力をたたえ合い、人々にお互いを許し合い、そして喜びを分かち合う社会の実現をめざして」

「なんですかそれは、オリンピックの成果の誇示ですかな？」

等々力さんが茶々を入れるが、都知事は意に介する風もない。

「さらに生活者や事業者への支援、給食費の負担軽減など、都民の実情に応じた対策を強化いたしまして」

「そこはまあ頑張ってますな、東京都は。でも、資金が底をついたけど」

「また、築地をはじめとしまして、東京の活力を維持する再開発を断行して」

「バレてますよ。実情に即した再開発が出来ていないのは。大神宮外苑と田地町の失敗を見れば明らかです」

「……都民が決めて都民と進めるためのパブリックコメントの募集と情報公開を進め」

「情報公開請求しても出てくるのは海苔弁《のりべん》と称される黒塗り書類ばっかり。情報も文書も不存在なのはＡＩだから、という意味不明の説明がありましたよね」

「羽田《はねだ》空港の離着陸ルートを増やしてインバウンドの増加に伴う便数の増発にも備え」

「ああ、それでですな。都心上空を低空飛行する危険な新ルートに都民が怯えているのは」

「あなたね、うるさいのよ！」

都知事は怖ろしい形相《ぎょうそう》になって、等々力さんに指を突きつけた。

「いちいち翻訳するみたいに文句を付けないで！　鬱陶《うっとう》しいわよ、あなた！」

と、叫んだ後、三池都知事から一瞬、表情が消えて、なにか憑《つ》き物《もの》が落ちたように、表情がリセットされて柔らかくなった。

「あら、どうしたのかしら、あたくしとしたことが。そうね。言われてみれば今まで、権力のあるおっさんたちにスリ寄りすぎたあたくしは、スリ寄る仕草が自動運転になってしまったのかも……」

独り言のように言った三池都知事は、窓外をしばらく眺めた。都庁の高層階にある都知事室の眼下には、見渡すかぎり東京都が広がっている。

「ねえあなた、等々力さん。今、なんて言った？　あたくしに、今あなたがスリ寄るべきは都民のみ。そう言ったわよね？」

等々力さんに振り向いた都知事は、そう訊いた。

「そうですよ。状況は圧倒的に都知事に有利です。五井は足腰が弱ってます。そうなると、大物政治家なんていくら威張《いば》っても、結局は我が身が可愛い保身第一です。いつまでも五井の味方をする義理はないでしょう。むしろ今、五井の味方をすると利益どころか墓穴を掘る危険の方が大きいです」

それを聞いた都知事は、秘書の太刀川さんを見た。

三池小百合の懐刀であり軍師と言ってもいい太刀川さんは、頷いた。

「確かに、今、風は都知事に吹いております」

都知事は、目を輝かせた。

「アタクシとしたことが、どうしてそれに気がつかなかったのかしら。そうよね。アタクシはもう訳の判らない、棺桶《かんおけ》に片足突っ込んだようなおっさんたちの言いなりになる必要はないのよね」

そう言って等々力さんに花のような笑顔を向けた。

「大事な事に気づかせてくれて、ありがとう」


翌日、都知事は記者会見を開いて、大神宮外苑再開発から正式に五井地所が外れることを発表した。

「都知事は、民間ベースの事業だから東京都は関与していないとおっしゃっていましたが」

記者に質問された都知事は、「許認可権はあります」と答えた。

「東京都としては、事業を適正に監督・誘導する義務がございます」

過去の悪行が露見して大規模事業の展開に失敗し、事業からの撤退も余儀なくされた五井地所は、急激に経営危機に陥り、業務の大幅縮小を余儀なくされることになった。

大神宮外苑の再開発は、外資系の不動産会社が新たに再開発を請け負うことになったが、都知事の秘書・太刀川に説得されて五井の悪事を暴露した馬場崎は、この会社に移籍して、引き続きプロジェクトを担当することになっている。

この外資系企業のバックグラウンドは中国でもアメリカでもヨーロッパでもなく、日本の既得権益《きとくけんえき》層でもない。東南アジアに本拠を置く新興企業だが、世界各国でのリゾート開発で実績がある。大神宮外苑再開発としては文字通り、まったく新しい企業に事業を託して心機一転を狙うことになる。

三池都知事は記者会見で、「新たに建てる予定だった高層ビルを一つ減らして、観光資源となるような施設を作ります」と宣言した。

「それは……そう、シンガポールにある『ガーデンズ・バイ・ザ・ベイ』のような、自然との融和・共存を目指す、シンボリックなものにいたします」

その青写真を描いたのは、太刀川と涌井だった。

それからしばらくして、三池都知事は再出馬宣言をした。

都知事は新たに別の資金源を得て、選挙に向けて盤石《ばんじやく》の体制を組んだ。その選対本部長の椅子に座ったのは、他ならぬ、涌井だった。

再選出馬の記者会見の末席で、涌井は不敵な笑みを浮かべていた。

一方、入院中の塚原総理大臣補佐官は、最愛の妻に去られようとしていた。

「やっとすべてが解決したのに、どうしてそういうことになるんだ！」

塚原補佐官は、すべてを犠牲にして守ってきたのに、という思いがある。

「君と結婚したのは口封じだけが目的ではなかった。心から君のことを、今も昔も愛してるんだよ！」

夫の涙を見て、晴美夫人は、自分が本当に愛されていたことを知った。

「ありがとう。私はあなたに守られていると、ずっと思っていた。あなたには感謝しています。でもそれは、私の弱さだと、今判ったの。私は誰かに守られてなければ、生きていけないと思っていた。ずっと、灰色の霧の中で生きてきたような気がする。いつも何かを恐れていた。でも、それでは本当に生きたことにはならないと、ようやく気がつきました。自分の力で生きなければ、と思っています……誰の迷惑にもならずに」

夫人は、自分の存在が夫の邪魔になると言った。

「お仕事を頑張ってね、あなた。お別れしましょう。私があなたの元を去れば、世間も許してくれるはずだから」

去る者がいれば、残る者もいる。

私たちが無事に伊勢屋に送り届けたアグネスさんは、みんなの前で、ここに残りたい、と言った。

「今、香港のこと、自分の国のこと、とても心配。だけど今、国に帰っても、私がやれることは限られる。下手なことをしたらすぐ捕まって、なんにも言えなくなってしまう。私の友人のように亡命することも考えたけど……国よりも自由がある日本で、もっと頑張る」

「ってことは、じゃあ……」

と、孝太郎さんではなく祖父の重太郎さんがその先を読んで目を輝かせた。それに慌てたのは孝太郎さんだ。

「じゃあ、ってなんだよ、じいちゃん。まだそんな先のことは判らないし、アグネスさんだって、日本でやることがたくさんあるんだし」

と言いつつ、孝太郎さんがアグネスさんを見つめる眼差《まなざ》し、そしてアグネスさんが彼を見つめ返す視線は、はっきりと、二人のあいだに生まれた感情を物語っていた。

「重太郎さん。ここはほら、あの決まり文句……なんて言ったかな、そうだ、『あとは若いおふたりで』って言うところですよ」

津島さんがそう言って、重太郎さんを飲みに誘った。

私たちが伊勢屋を出るとき、ちょっと振り返ると、孝太郎さんとアグネスさんはしっかりと寄り添い、手を握りあって、何ごとかを小声で語り合っていた。

とても幸せそうだ。

参考資料

・狙われた「ＬＩＮＥ」と「個人情報」／峯村健司／文藝春秋二〇二一年八月号
・アリババを襲った不倫スキャンダル／高口康太／同右
・「習近平の個人情報」を盗んだ男たち／安田峰俊／同右
・中国「秘密警察」日本での非合法活動／安田峰俊／文藝春秋二〇二三年七月号
・〈社説〉明治神宮外苑再開発　憩いの土地は誰のもの／東京新聞二〇二三年七月三十一日
・【社説】バイデン氏のファミリービジネス／ウォール・ストリート・ジャーナル日本版／二〇二三年五月十二日
・犯人を予測する予測捜査システムの導入が進む日米　その実態と問題とは／一田和樹／ニューズウィーク日本版／二〇二〇年九月十日
・福島・帰還困難区域の鉄くず、作業員が横流し　放射能汚染のおそれも／朝日新聞／二〇二三年九月十九日
・放射能汚染地域の鉄くず等売却事件：環境省は警察頼みか？　地味な取材ノート／まさのあつこ／note／二〇二三年十月十二日

・『ルポ　歌舞伎町』國友公司（二〇二三）彩図社
・『女帝　小池百合子』石井妙子（二〇二〇）文藝春秋
・『派閥の中国政治─毛沢東から習近平まで』李昊（二〇二三）名古屋大学出版会
・『R・E・S・P・E・C・T　リスペクト』ブレイディみかこ（二〇二三）筑摩書房

この作品はフィクションであり、登場する人物および団体は、実在するものといっさい関係ありません。

一〇〇字書評

切り取り線

冒瀆　内閣裏官房

購買動機（新聞、雑誌名を記入するか、あるいは○をつけてください）	
□（　　　　　　　　　　　）の広告を見て	
□（　　　　　　　　　　　）の書評を見て	
□ 知人のすすめで	□ タイトルに惹かれて
□ カバーが良かったから	□ 内容が面白そうだから
□ 好きな作家だから	□ 好きな分野の本だから

・最近、最も感銘を受けた作品名をお書き下さい

・あなたのお好きな作家名をお書き下さい

・その他、ご要望がありましたらお書き下さい

住所	〒				
氏名		職業		年齢	
Eメール	※携帯には配信できません	新刊情報等のメール配信を 希望する・しない			

この本の感想を、編集部までお寄せいただけたらありがたく存じます。今後の企画の参考にさせていただきます。Eメールでも結構です。

いただいた「一〇〇字書評」は、新聞・雑誌等に紹介させていただくことがあります。その場合はお礼として特製図書カードを差し上げます。

前ページの原稿用紙に書評をお書きの上、切り取り、左記までお送り下さい。宛先の住所は不要です。

なお、ご記入いただいたお名前、ご住所等は、書評紹介の事前了解、謝礼のお届けのためだけに利用し、そのほかの目的のために利用することはありません。

〒一〇一－八七〇一
祥伝社文庫編集長　清水寿明
電話　〇三（三二六五）二〇八〇

祥伝社ホームページの「ブックレビュー」からも、書き込めます。
www.shodensha.co.jp/
bookreview

祥伝社文庫

冒瀆《ぼうとく》　内閣裏官房《ないかくうらかんぼう》

令和 6 年 1 月 20 日　初版第 1 刷発行

著　者　安達《あだち》　瑶《よう》
発行者　辻　浩明
発行所　祥伝社《しょうでんしゃ》
東京都千代田区神田神保町 3-3
〒101-8701
電話　03（3265）2081（販売部）
電話　03（3265）2080（編集部）
電話　03（3265）3622（業務部）
www.shodensha.co.jp
印刷所　萩原印刷
製本所　ナショナル製本
カバーフォーマットデザイン　芥 陽子

 ISBN978-4-396-35030-7 C0193